カサノヴァの素顔

ミランダ・リー 作

ハーレクイン・プレゼンツ 作家シリーズ 別冊
東京・ロンドン・トロント・パリ・ニューヨーク・アムステルダム
ハンブルク・ストックホルム・ミラノ・シドニー・マドリッド・ワルシャワ
ブダペスト・リオデジャネイロ・ルクセンブルク・フリブール・ムンバイ

THE PLAYBOY'S PROPOSITION

by Miranda Lee

Published by Harlequin Japan, a Division of K.K. HarperCollins Japan, 2024

ミランダ・リー

オーストラリアの田舎町に生まれ育つ。全寮制の学校を出て、クラシック音楽の勉強をしたのち、シドニーに移った。幸せな結婚をして3人の娘に恵まれ、家事をこなす合間に小説を書き始めた。テンポのよいセクシーな描写で、現実にありそうな物語を書いて人気を博した。実姉で同じロマンス作家のエマ・ダーシーの逝去から約1年後の2021年11月、この世を去った。

1

ミッシェルは六時過ぎに、勤務する広告代理店〈ワイルド・アイデア〉のオフィスを出た。同僚たちのおめでとうの声がまだ耳に残っている。

　今日は一日中、会議室で同僚たちとアイデアを出し合っていた。テーマは、五月の半ば、あと六週間足らずでクライアントに提出する予定の広告キャンペーンの企画についてだった。

　確かに、ミッシェルの案はなかなかさえていた。とはいえ、会議の終わりに社長からその企画のプレゼンテーション・チームのリーダーを務めるように命じられたときには、椅子からころげ落ちんばかりに驚いた。エレベーターで一階に下り、オフィスから遠ざかろうとしている今、その驚きはかすかなおののきに変わりつつあった。

　なぜなら、〈ワイルド・アイデア〉はまだ広告主からその企画を委託されたわけではないからだ。〈パッカード・フーズ〉の独身者向けディナーシリーズの宣伝を刷新するという大口の仕事を得るためには、どこともわからないほかの代理店と一対一で競い合わなければならない。

　大丈夫、心の準備はできている。そう自分に言い聞かせながら、ミッシェルはゆっくりと通りを歩いていった。もう二十八歳なのだし、今まで五年間、広告業界で経験を積んできた。生まれてからずっと広告で食べてきたようなものじゃないの！　そこでようやく多少の自信を取り戻すと、彼女は顔を上げた。だが、気づいたときには遅かった。歩道の縁で信号待ちをしている女性の背中が目の前に迫り、よけきれずにぶつかってしまった。

「ごめんなさい！」申し訳なさでいっぱいになりながら、ミッシェルは声をあげた。

その女性が振り向いた。

ミッシェルは照れ隠しの笑みを浮かべた。「なんだ、ルシールだったのね。ごめんなさい。ちょっと考え事をしてて」

ルシールは、ミッシェルと同じアパートメントの住人だ。実を言うと、ミッシェルがそのアパートメントの一戸を購入したときの、不動産会社の担当者がルシールだった。

しかし、ルシールは昨年、不動産販売員から移転コンサルタントに職を替えた。会社の重役などが州外や海外からシドニーに移ってくる際、引っ越しの面倒を少しでも軽減するのが彼女の仕事だ。

聞こえもいかにも華やかな職業だが、ルシールの服装がその懐具合を示しているのであれば、収入のほうも相当にいいように見受けられる。

クールな美しさと、洗練された完璧《かんぺき》な身なりやマナー。ルシールはおそらく、男性などよりどりみどりだろう。けれど、彼女に言わせれば、人類史上最悪の男性優位主義者との結婚で、男性にはすっかり懲りているらしい。数カ月前、離婚が確定してからも、いまだに〝男なんてみんな最低〟という心境から抜け出していない。

だからといって、それが永久に続くはずはないとミッシェルには思えた。この先、独身や禁欲主義を貫き通すには、三十歳のルシールはまだ若すぎる。

この一年間で、ミッシェルはルシールとかなり親しくつき合うようになっていた。ときには連れ立って食事や映画鑑賞に出かけることもある。

「またしても残業のようね」ルシールがからかうように言った。

ミッシェルは腕時計に視線を落とした。六時十分。

「自分こそマダム・ワーカホリックのくせに、よくそんなことが言えるわね」

ルシールは肩をすくめた。「家でなにもすることもなくお伽噺《とぎばなし》を夢見ているよりは、働いているほうがまだましだもの」

「お伽噺？　つまり王子様が現れるってこと？　ねえ、白状しなさいよ、ルシール。あなた、本当にこの先一生、独りで暮らすつもりじゃないんでしょう？」

ルシールはため息をついた。「たぶんね。でも、再婚には興味ないのよ。男性に興味が持てないの。私が求めているのは、ちゃんと女性を好きになってくれる男性。冷たいビールじゃなくて、温かい血が血管に流れている男性。男友達やゴルフや車なんかじゃなくて、私のことを最優先にしてくれる男性なの」

ミッシェルは笑い声をあげた。「確かにあなたの言うとおりね。そんなのお伽噺だわ」

信号が青に変わり、二人は肩を並べて道路を渡った。そこから右に折れ、アパートメントまでの短い坂を下っていく。

二人が住むアパートメントは〝ノースサイド・ガーデンズ〟と名づけられているものの、その理由はいまだに謎《なぞ》だった。唯一庭《ガーデン》と呼べるようなものといえば、居住者たちがさほど広くもないバルコニーに並べたプランターぐらいだ。外観は五〇年代風。クリーム色の煉瓦《れんが》造りのシンプルな三階建ての建物で、正面玄関の前に半円を描く短い階段がある。

しかし、外観とは対照的に、内部は隅々まで現代的に改装されている。昨年、十二戸が売り出されたときには、それぞれにタイル張りのバスルームとオーク材のキッチンが設置されていた。

十二戸はまたたく間に完売となった。古い外装と港が見えないという理由から、この地域にしては破格の値段で売り出されたのだから無理もない。ノース・シドニーのど真ん中という立地は、ミッシェルやルシールのようにそこで働く人々にとっては願ってもない好条件なのだ。アパートメントからミッシェルの会社まではわずか十分。走れば七分で行ける。

しかしながら、ミッシェルはこのところ、帰りの足取りがずいぶん重くなっていた。出勤するときと同じ勢いで家に帰ろうという気になれないのだ。彼女もルシールと同じように、目下のところ独り暮らしだった。それでも内心では、そろそろケヴィンがまた一緒に暮らそうと言ってくるのではないかと思っていた。彼はこれまで何度もそういうことを繰り返してきた。ここはとにかく、辛抱強く待つしかない。

「どうして今日は歩きなの？」アパートメントの玄関に着き、ルシールと並んで郵便受けの中を確かめながら、ミッシェルは言った。

ルシールの仕事には車が欠かせない。

「今日の午後、ぶつけられたのよ」ルシールが答えた。「修理しなくちゃならないから、レッカー車で運んでもらったの」

ミッシェルはその瞬間、郵便受けから出てきた白い封筒に気を取られていた。ウエディングベルの浮き出し模様から見る限り結婚式の招待状だが、友達や親戚《しんせき》に結婚しそうな人なんていただろうか……？

そこでルシールの言葉がようやく耳に入り、ミッシェルはぱっと顔を上げた。「ひどい！　大変だったわね。大丈夫？　怪我《けが》はないの？」

「ええ。こっちはぜんぜん悪くないのよ。スポーツカーに乗ったろくでなしがまっすぐうしろに突っこんできたの。相当スピードを出していたらしいわ。今こっちに走ってくる車にちょっと似た感じだったわね」

つややかな黒のジャガーがうなりをあげながら二人の方に向かってきたと思うと、アパートメントの前の駐車禁止ゾーンに突っこみ、急停止した。

「いったい何様のつもり？」ルシールはむっとした声で言った。「自分も交通ルールに従わなくちゃいけないとは思わないのかしら？」

「たぶんね」ミッシェルは問題の男性をちらりと見やり、冷ややかに答えた。「あれが我が友タイラー、タイラー・ギャリソンよ。彼については話したでしょ、いろいろと？」

ルシールの形よく整えられた眉が上がった。「あれが悪名高きタイラー・ギャリソンなの。なるほど……」

「紹介してほしい？」

「遠慮しておくわ。プレイボーイにうつつを抜かしているような暇はないから。たとえ見た目がどんなによくてもね」

ルシールはあっという間に建物の中に消えた。残されたミッシェルは、黒いぴかぴかの〝女たらしマシーン〟の前をまわろうとしているタイラーを眺めた。

確かに見た目がいいのは間違いない。よすぎるほどだ。

はっきり言って、タイラーは何事に関しても、度が過ぎるのだ。ハンサムすぎる。頭がよすぎる。魅力的すぎる。そしてなにより、金持ちすぎる。

タイラーは歩道の方に、そしてミッシェルの方に、一歩一歩踏み締めるような足取りでゆっくりと近づいてきた。肩幅のある長身を、仕立てのよい紺のスーツに包んでいる。あのスーツだけでも目が飛び出るような値段だろう。イタリア製の靴としゃれたブルーのシャツも、間違いなく最高級品だ。ゴールドのプリントのシルクのネクタイは、ブロンズ色に焼けた肌と黄色がかった金髪を引きたてている。

そのすべてが、まさに〝完璧〟という言葉を具現化したような姿だった。

実際、これまでの十年間のつき合いで、タイラーが外見的に完璧ではなかったことなんてなかったと、ミッシェルはため息混じりに思った。

そう、たった一度の例外を除けば……。

あれは、二人がまだ大学四年生だったころのことだ。タイラーは大学のチームとラグビーに興じている最中、荒っぽいタックルを受け、病院に運ばれた。両脚が麻痺《まひ》していることから脊髄《せきずい》の損傷が疑われた。ミッシェルはその知らせを聞くなり病院に駆けつけたが、面会時間が過ぎていたので、こっそり病室に忍びこんだ。もっとも、その必要があったのかどうかはわからない。タイラーが収容されたのは一流私立病院の豪華な個室で、生え抜きの医療チームが患者の健康回復のためにあらゆる手を尽くしていただけでなく、患者が快適に過ごせるようにあらゆる配慮がなされていたからだ。

それでもミッシェルは、タイラーが痣《あざ》だらけでぐったりしているのを見てショックを受けた。それだけではない、ふだんではまったく考えられないような彼の精神状態を目にしたことも衝撃だった。

タイラーは最初のうち、ミッシェルの手前、威勢のいいようすを取りつくろっていた。だが、ミッシェルが彼の手を取り、たとえ半身不随になっても、あなたがすてきなことに変わりはないとやさしく言ったとたん、たががはずれたようになった。あの晩、なんと彼はミッシェルの腕の中で泣いたのだ。まあ、ほんのいっときではあったけれど……。

あのときのことを思い出すと、今では吹き出しそうになる。とくにタイラーの哀れな姿を見てすっかり情にほだされてしまった自分を笑い飛ばしたくなる。もっとも、ミッシェルは常日ごろから弱者に同情してしまうたちだった。でも、女というのは、自分が相手から必要とされているって思いたいものじゃないかしら。ミッシェルはいつもそう感じていた。

そしてあの晩、まぎれもなくタイラーは彼女を必要としていたのだ。

しかし、幸いなことに、あの感情の乱れも、タイラーの麻痺同様、ほんのつかのまのものだった。脊髄も一時的に打撲していただけで、またたく間にすっかり回復した。

そして今日、タイラーはどう見ても弱者からはほど遠い。生まれてからずっとそうだったように、一大出版帝国の輝ける跡取り息子にほかならない。あんな思い出話など、タイラーが歩んできた道のり——いや、親がタイラーのために敷いてくれたレールの上の、小さな砂粒にすぎないのだ。

「新車？」目の前の歩道にタイラーが足をかけたところで、ミッシェルは尋ねた。

「え？　あ、ああ。先月買ったんだ」

ミッシェルは皮肉っぽい笑みを浮かべ、タイラーを見あげた。彼は恋人を取り替えるのと同じくらい頻繁に車を乗り替える。「ベンツにはもう飽きたってわけ？」

ところが、タイラーはいつものようにほほえみ返さない。ミッシェルはふと不安に駆られた。

胸騒ぎに息苦しささえ感じはじめた。そもそもこんなふうにタイラーが突然訪ねてくること自体、ふつうではない。彼がこんな不安げな顔をしていることも。タイラーはなんに関しても、絶対に不安になどならないのだ。

ミッシェルは緊張のあまり、手にした封筒をぎゅっと握り締めた。

「なんなの？」思わず口走った。「いったいどうしたっていうの？　やっぱりそうなのね？　ケヴィンのことなんでしょう？　ケヴィンになにかあったのね？」ミッシェルはタイラーの腕をつかんだ。心臓が早鐘のように打っている。「ケヴィンが交通事故にあったのね？　彼、むちゃな運転ばかりしているから。あなたよりひどいくらいなんだもの。いつも言ってたのよ、もっとスピードを落とさなくちゃ、今に――」

「いや、ケヴィンは無事だよ」タイラーは口をはさみ、ミッシェルの手を腕から引き離すと、その手を両手で包むように握った。「だけど、彼のことで君に会いに来たっていうのは当たってる。君のそばにいてあげたほうがいいんじゃないかと思ってね」

「私のそばに？」ミッシェルは呆然《ぼうぜん》ときき返した。

タイラーがほほえんだ。なんとなく悲しげな笑みだ。ミッシェルは途方にくれた。タイラーが不安そうで、おまけに悲しそうだなんて……。

「そう。君が泣きたいと思ったとき、僕らのグループの中で今肩を貸してやれるのは僕ぐらいのものだからね」タイラーはちょっと気取った口調で言った。「ほかの連中は海外にいるか、でなければ結婚してしまっている。あるいは、結婚しようとしているか、だな」彼は静かにつけ加えた。

しばらくの間、ミッシェルはただタイラーを見つめていた。胸にぽっかりと穴があいてしまったような感じだった。頭はいいほうだと自負している。野球のバットで殴られなくても、事のしだいは想像がついた。

少ししてようやく、ミッシェルは手の中でくしゃくしゃになった結婚式の招待状に視線を落とした。

これで差出人がわかった。

ケヴィンだ。

ケヴィンが結婚しようとしているのだ。私以外のだれかと。大学の一年の一学期から十年来ずっとつき合ってきた私以外のだれかと。あのすばらしい四年間、だれもがうらやむような恋人同士で、その後の二年間は一緒に暮らし、それからあともずっとつかず離れずの関係を続けていたこの私以外のだれかと！　今年の年明けに最後に別れたあとも、こんなふうに彼を愛する女性はこの世に私しかいないということにケヴィンもきっといつか気づいてくれる、そう思ってばかみたいにずっと待っていたのに！　そんな私を差し置いて、彼はほかのだれかと結婚するのよ！

「さっき家に着いたら、僕にも招待状が届いていたから――」タイラーが説明した。「すぐに君のことを考えたんだ。今晩、君が仕事からだれもいない独りぼっちのアパートメントに帰ってきて、同じような招待状が郵便受けに入っているのを見つけるところをね。それで急いでやってきたんだよ」

「なんて……勇ましいこと」ミッシェルは抑揚のない声で言った。

「勇ましい？」タイラーは皮肉っぽい笑みを浮かべる。「勇ましいかどうかはわからないけど、以前、僕が本当に君を必要としているときに、君はそばにいてくれた。それだけは絶対に忘れたことはない。だから今度はそのお返しがしたいんだよ」

ミッシェルは目をぱちくりさせながらタイラーを見た。不思議な気分だった。ついさっき自分もあの晩のことを思い出していたところだというのに……。

そう……タイラーも忘れていなかったのだ。妙なことに、ミッシェルのほうはむしろ忘れていてほしいと思っていた。

「それで、相手は？」彼女はこわばった口調で尋ねた。自分で封を開けてみる気にはなれなかった。

「私の知ってる人？」

「君も会ってるはずだ、僕の開いた大晦日《おおみそか》のパーティで。ダニーだよ。ダニー・ベイカー」

ミッシェルは気分が悪くなりそうだった。最後にケヴィンが別れたいと言いだしたのは、その大晦日のパーティの直後だった。これでその理由がわかった。

ショックととまどいはすぐに怒りに取って代わら

れた。「それじゃ、あなたのせいってわけね」ミッシェルはタイラーの手を振りほどき、行き場のない怒りを彼にぶつけた。

　タイラーは一瞬たじろいだ。「それはあんまりだよ、ミッシェル」

「そうかもしれないけど、でも事実じゃないの！」ミッシェルはわめいた。「あなたが私たちをいつまでもあんな豪華なパーティに呼んだりしなければよかったのよ！　あなたがケヴィンに華麗な暮らしぶりを見せつけて、身分不相応な贅沢《ぜいたく》に憧《あこが》れるように仕向けなければ、こんなことにはならなかったのよ！　あなたが私たちのことをほうっておいてくれさえしたら！」そこで苦しげに息を吸う。その息はすすり泣きになって彼女の口からもれた。「そのせいでケヴィンはどこかのお金持ちできれいでいやみな女と結婚するのよ。私が何百万年がんばったって太刀打ちできないような相手とね」

「君がそんなふうに感じるなんて残念だよ」タイラーは険しい口調で言った。「僕個人としては、君はどんな女性にも引けを取らないと思っている。君は美しさだけじゃなく、優秀な頭脳も兼ねそなえているからね」

　ミッシェルはとても彼の言葉を素直に受けとめられる心境ではなかった。「あらまあ、頭脳ですって？　いつから男たちが頭脳なんてものを妻の条件にあげるようになったの？　美しさという点についても、私は自分ってものをよく知ってるの。私はそこそこ魅力的な体とそこそこ魅力的な顔立ちをしたブルネット。それだけのことよ」

「それはずいぶん過小評価してるんじゃないのかな。君はとびきり魅力的な体ととびきり魅力的な顔立ちをしたブルネットだよ。確かにダニーは人目を引く美人だ。僕だってそう思う。それに金持ちだ。だけど、君が言うようないやみな女じゃない。正直などころ、僕は彼女に同情するね。僕ら二人とも知ってるように、ケヴィンは愛のために彼女と結婚するわけじゃないんだから」

「それはそうよ。ケヴィンが愛しているのはこの私なんですもの！」

「今でもかな？」タイラーは残酷なまでにそっけなく言った。

「そうよ！」ミッシェルは言い張った。けれど、現実はすべてその逆を示している。もし私を愛しているのなら、なぜケヴィンはほかの女と結婚したりするのだろう？

しかも、あらかじめ話しもせずにいきなり招待状を送ってよこすなんて！　そうよ、ケヴィンと最後にコーヒーを飲んでからまだ一カ月もたっていない。あのときだって、彼はダニーとつき合っているなんてことは一言も言わなかった。話題はもっぱら彼の仕事に限られていた。ケヴィンもミッシェルと同じ広告業界で働いている。あのとき、彼は新規のクライアントのためにコマーシャルソングを制作する仕事で行きづまっていた。ミッシェルが二、三アイデアを授けると、彼女のことをまるで天使だと言って喜んでいた。

あの日もケヴィンは結局、私の頭脳を当てにしていただけだったのだ。そう思うと、ミッシェルの目に新たな涙がこみあげてきた。

「最近のケヴィンが愛している相手と言えば、あいつ自身くらいのものだ」タイラーは吐き捨てるように言った。「なあ、頼むからこんな道の真ん中で泣きださないでくれよ。人前で感情的になるのは君自身、一番嫌いなくせに。さあ、中に入ろう。部屋に入って思う存分泣けばいい」彼はミッシェルの肘をつかみ、いささか強引に階段をのぼりはじめた。

ミッシェルは、勝手にこの場を取り仕切ろうとするタイラーにいらだちを覚えた。自分がひねくれているのはわかっている。彼はただ親切にしてくれているだけなのだ。だが実のところ、彼にはどういうわけかいつでも必ずいらいらさせられる。大学で最初に出会ったとき――そう、彼が現実の学生というより、まるで『グレート・ギャッツビー』から抜け出てきたような姿で教室に入ってきたときから……。

あのとき、ほかの女子学生はみんな、タイラーの姿に目を皿のようにして見とれていたけれど、ミッシェルだけはただあきれて天を仰いだだけで、すぐにケヴィンに注意を移した。ケヴィンはキュートで魅力的だったし、おまけに彼女と同じ現実の学生だった。彼は学びはじめたばかりの課目に真剣に情熱を傾けていた。ケヴィンにとって、グラフィック・デザインと視覚コミュニケーションの単位は生きていくために不可欠なものだった。一方のタイラーは、出生証明書一枚で一生楽な暮らしが保証されていた。

それから四年間、タイラーがどんなに輝かしい成績をおさめようと、ミッシェルにはどうしても、彼が単なる趣味で大学に来ているとしか思えなかった。彼の父親がその出版帝国の一部をまかせてもいいとする年齢に達するまで、暇つぶしをしているような気がしてならなかった。タイラーはミッシェルたちの学科に移ってくる前、すでに経営学の課程を修了していて、学生の大半より四つ年上だった。もしもその決定がミッシェルの一存にゆだねられていたなら、入学早々彼女たちが作ったグループにタイラーを入れたりはしなかっただろう。しかし、ビデオ制作の課題で六人グループを編成しなくてはならなくなったとき、ケヴィンがすかさずタイラーに声をかけ、彼らのいわゆる友情がスタートしたのだった。

タイラーがミッシェルたち非特権階級の五人をどう見ていたのか、そしてなぜ、学生時代の友人関係の多くがそうなるように自然消滅させたりせずに、今日に至るまでそのつながりを保とうとしているのか、さっぱりわからなかった。今でも五人は定期的に、彼の開くありとあらゆるパーティに招待されている。もっとも、最近では五人とも出席できることは少なくなった。数年前『ニューヨーク・タイムズ』の職を得てニューヨークへ移ったリンダはまず来ない。結婚して子供を産み、シドニーから二百キロ離れた故郷のオレンジに帰ったグレタも、このところずっと顔を見せていない。ジェフはときどき現れるが、ついにゲイであることを公表してからというもの、サンフランシスコで過ごすことが多くなったようだ。

ミッシェルがいまだにタイラーのパーティに出つづけていたのは、ひとえにケヴィンが彼女を強引に引っぱっていったからだった。だが、ミッシェルとしては、タイラーにいつも感情をかき乱されてしまうのが我慢ならなかった。彼のそばにいると、知らず知らずのうちに気の荒い生意気な女のようになってしまう。そう、ちょうど今みたいに！

「その前に車を動かして」正面玄関のガラスのドアへと引っぱっていくタイラーに、ミッシェルはきつい口調で言った。「そうでないと駐車違反で罰金を取られるわよ」

「車のことなんてどうでもいい。駐車違反の罰金なんかより、君のほうがずっと大事だよ」

「さすが、億万長者は言うことが違うわね！」

タイラーはぴたりと足をとめ、ミッシェルをにらんだ。「どうして君はいつもそうやって僕の金にこだわるんだ？　金持ちに生まれついたのは僕のせいじゃない。ケヴィンが貧乏な家に生まれたのは彼のせいじゃないっていうのと同じことだ」

「それはそうね。でも、お金をむだにしない努力はできるはずよ。木の葉みたいにまき散らしていいものじゃないでしょう？　私たち労働者階級は、駐車違反の罰金みたいなものもいちいち気にせざるをえないの」

「わかったよ」タイラーは苦虫を嚙《か》みつぶしたような顔で言った。「それで、違反しないようにするにはどこにとめればいいんだ？　このアパートメントに駐車場はあるのかい？」

「ええ」

「いったいどこなんだ？　私道なんかどこにも見当たらないぞ」

　ミッシェルは、見る間にいらだちをつのらせつつあるタイラーの表情を見あげた。ここからはもう坂道をころげ落ちるようにいつものパターンにはまっていくだけだ。最近、タイラーと二人きりになると決まってこうなってしまう。シナリオはすでにできあがっている。まずタイラーが、君はケヴィンにとって都合のいい女になっていると批判する。そこでかっとなったミッシェルが、あなただって次から次へと恋人を取っ替え引っ替えしているくせにと言い返す。しかもどの恋人も身長百八十センチ以上で、バストはDカップ以上のモデルタイプばかりだと。みんなあなたにべたべたまつわりついて、あなたの言うなりになる女ばかりじゃないの！

　結局のところ、二人はまったく違う世界の人間で、何年も前につき合いを絶つべきだったのだ。共通点などなにもないのだから。そう、なに一つ！

　ミッシェルは気持ちを落ち着かせようと深く息を吸い、十数えてから静かに吐き出した。「ねえ」努めて冷静な口調で言う。「それよりも、このまま帰ってくれたほうがいいわ。ようすを見に来てくれたのはありがたいけど、私のことなら大丈夫。約束する。部屋に上がってバルコニーから身を投げたりしないから」

「それはそうだろう」タイラーは冷ややかに言った。

「君の部屋は二階だからね」

　ミッシェルは眉をひそめた。「私の部屋が二階だなんてどうして知ってるの？　部屋まで上がってきたことはないはずよ。私が覚えている限りでは、一度送ってきてくれたことはあるけど」去年のタイラー主催のクリスマスパーティのとき、ケヴィンが酒を飲みすぎ、床に伸びてしまったので、タイラーが彼女を家まで送ってくれた。あの晩もこのアパートメントに帰り着くまでの間、二人はずっとケヴィンのことで言い争っていた。

　タイラーは肩をすくめた。「あの晩、君が足を踏み鳴らしてアパートメントに入っていったあと、僕は千まで数えて待っていたんだ。二階の一部屋に明かりがついたから、きっとそこが君の部屋だろうと思った。なにしろ朝の四時で、ほかの部屋はみんな暗かったんだよ」

「そう……」恥ずかしさが胸にこみあげてきた。あの晩の私は本当にいやな女だった。いや、その点については、今日だってたいして変わらない。

　それに、認めたくはないけれど、タイラーはとくにここ二、三年、親友のような気づかいを見せてくれている。私がだれかにやさしくされたいと思っていると、まるでその気持ちが通じたように職場に電話をかけてきては、コーヒーやランチに誘ってくれる。ケヴィンが彼お得意の〝自分さがしの旅〟をしたいと言って私から離れていくたびに、タイラーにはなぜかそれがわかるらしい。

　タイラーの言うとおりだ。金持ちに生まれついたのは彼のせいではない。ハンサムに生まれたのも、頭脳明晰《めいせき》に生まれたのも、彼自身にはどうしようもないことなのだ。そう考えると、少しくらいプレイボーイを気取ったところで、それはたぶんタイラーの責任ではないのだろう。彼のような境遇にあってそうならない男がいるだろうか？

　そうは思いながらも、ミッシェルのいらだちはおさまらなかった。

「もし君が帰れと言うのなら帰るよ」タイラーはどこか疲れたような口調で言った。

ミッシェルは自分を恥じた。せめて彼を部屋に招き入れ、酒の一杯、あるいはコーヒーの一杯でも出すのが礼儀ではないだろうか？

そうよ、タイラーはポイント・パイパーから約三キロの道のりをはるばるやってきてくれたんだから。そこで再び、ミッシェルの心にひねくれた考えが忍びこんできた。

どうせ、ぴかぴかの新車でハーバー・トンネルを飛ばしたかったんでしょうよ。それとも、今夜のデートの相手はこちらの方に住んでいるのかしら？最後に私をランチに誘ったとき、タイラーはたまたま近所に来たからと言っていた。あの日彼は、父親にまかされている大事な女性誌のファッションページの撮影に立ち会うために、バルモラル・ビーチに行く予定だったはずだ。

想像にたがわず、タイラーが経営を受け継いでからというもの、その女性誌はめざましい飛躍を遂げた。彼はありきたりだった雑誌の名を〝くずから金持ちへ〟という意味合いの『ラグズ・トゥ・リッチズ』に変え、ファッション記事の間に女性の夢をかきたてるような特集記事を加えた。その多くはサクセスストーリーや読者の変身ページなどだが、そこに、オーストラリアで今最も話題の女性たちの限りなく表面的な、だからこそかえって興味をそそられるインタビュー記事が含まれているのは言うまでもない。そして、その女性たちの電話番号はしっかりとタイラーのアドレス帳に記される。間違いなく、彼は誘いの電話をかけ……。

ミッシェルはぎゅっと目を閉じた。私ったら、またこんなことを考えて！

「ミッシェル？」タイラーがそっと尋ねた。「大丈夫かい？」

ミッシェルはため息をつき、目を開けた。「ええ、タイラー、大丈夫よ。それと、いいえ、タイラー、帰れとは言わないわ。さあ、こっちに来て。駐車できる場所を教えるから。そのあとで階上《うえ》に上がって、お酒でも、コーヒーでも、なんでもいいから……」

タイラーは目を輝かせ、いたずらっぽいセクシーな笑みを浮かべた。「僕はその〝なんでもいい〟っていうのがいいな」

はっとするほど鮮明なイメージが頭に浮かび、ミッシェルは胸を締めつけられた。「まったく、あなたって人は、なにかっていうとすぐセックスに結びつけるんだから！」あいにくなことに、それはタイラーだけではなかった。

「ああ、その点にかけては信頼してくれていい」

「そのようね」ミッシェルはそっけなく言った。「だけど、ちゃんと現実を直視してね、タイラー。私は、あなたがふだんベッドに誘うような女性とは正反対のタイプだから。まず第一にサイズが違うわ。身長だってぜんぜん足りないし、胸らしい胸もない」

「それはどうかな……」

タイラーの視線がつつましいBカップの胸にそそがれると、ミッシェルは体がうずくのを感じた。裏地付きのジャケットを着ていて幸いだった。そうでなければ反応に気づかれてしまうところだ。

口ではいらだちをあらわにしながらも、いや、むしろかっかしているせいか、ミッシェルはふとベッドの中でのタイラーはどんなだろうかと考えてしまった。これまで十分な経験を積んでいることは間違いない。けれど、彼のようにルックスや財産に恵まれていると、ベッドの中で傲慢《ごうまん》になるということはないだろうか？　それとも、ほかのすべての面でそうであるように、ベッドでのテクニックにも人並みはずれて長《た》けているのだろうか？

自分の頬がいつのまにか恥ずかしいほどほてっているのに気づいたとたん、ミッシェルのいらだちは頂点に達した。私ったら、いったいどうしてしまったの？　ケヴィンにふられて打ちひしがれているはずなのに、ほかの男性に抱かれることを想像するなんて。

　しかもその男性が、よりによってタイラーだなんて！

「もう、くだらない話はやめてさっさと来てちょうだい」ミッシェルはきつい口調で言うと、足を踏み鳴らして階段を下りた。「あなたにからかわれて楽しんでいる気分じゃないのよ、タイラー・ギャリソン！」

「それは残念だ。僕はけっこう楽しいんだけどね」

「いいかげんにしてよ！」ミッシェルは肩ごしに振り返って命じた。

　タイラーはおどけて敬礼をしてみせた。「かしこまりました、女王陛下！　仰せのとおりに」

　ミッシェルは車の助手席側のドアの前に立ち、いらだちまぎれに爪先で地面を打ちつけながら、タイラーがドアを開けるのを待った。そして、ひとたびドアが開くと、なんとか品位を失うまいと精いっぱいの努力をして、低いシートに座ろうとした。しかし、それは容易なことではなかった。

　ミッシェルはふだんスーツで出勤する。その大半が黒で、ぴったりしたジャケットに、短いタイトスカートというスタイルだ。細身のジャケットは彼女の一番の長所、細いウエストを強調してくれる。ミニのタイトスカートは脚を少しでも長く見せるための工夫だった。

　だがあいにくなことに、ミニのタイトスカートは、いくらかの慎みを保ちながらほぼ歩道と同じ高さの助手席に座るのには適していなかった。シートに背をもたせかけ、シートベルトを締めたときには、ミッシェルは水着モデルよりも大胆に脚を露出していた。

当然と言えば当然だが、その視線から察するに、タイラーもそれに気づいているようだ。けれど、ミッシェルがとまどっているのは、タイラーに見られているからではなかった。彼女自身が突然、どうしようもなく彼の存在を意識しはじめてしまったからだ。

ミッシェルは視線を合わせずにタイラーをにらみつけた。「なにか言ったら殺すわよ」

彼の口元はかすかにほころんでいる。「とんでもない。それで、どっちに行けばいいんだい？」

今すぐ私の目の前から消えて。ミッシェルはそう言いたかった。

タイラーに道を教えながら、ミッシェルは決して彼に長居はさせまいと心に誓った。彼を相手にこんな嘆かわしいことを考えはじめるとは、相当に神経がまいっているに違いない。

そう、きっとショックのせいだ。だいたい、今まで自分がとんでもない幻想にすがっていたことに気づかされるなんて、そうしょっちゅうあることではない。

ミッシェルは、これまでなにが起ころうと、ケヴィンは心の底では自分のことを愛してくれているのだと信じつづけてきた。その信頼は、今もケヴィンを愛する思いに負けないくらい確かなものだった。

新たに熱い涙がこみあげてくる。

だけど、あなたは間違っていたのよ、ミッシェル。頭の隅で、冷酷なまでに理性的な声がした。そう、あきれるくらいにね。

2

「すてきだね、ミッシェル」L字形の居間を歩きまわりながら、タイラーが言った。

ミッシェルは、シンプルで家具もほとんどない部屋の内装を見まわした。つやのある板張りの床、クリーム色の壁。こうして見る限り、自分というものがインテリアに反映されているとはとても思えない。

一年前、このアパートメントの頭金を支払うのに精いっぱいで、いつか手に入れようと夢見ている革張りのソファなんてとても買う余裕はなかった。仕方なく毎日曜日、屋敷の所有者の死亡などに伴って行われる家具のオークションに足しげく通い、掘り出し物を見つけてきたのだ。とくに気に入っているのはマスタードイエローのソファと、使いこまれてはいるけれどこの上なく心地よい茶色の革張りのリクライニングチェア二脚だった。

タイラーは今、そのリクライニングチェアの一方に腰を下ろそうとしている。

「それ、どういう意味？」ミッシェルは突っかかった。ついさっき駐車場でタイラーに対するいらだちは無視することにしようと決めたばかりなのに、その決意はもろくも崩れ去っていた。

ミッシェルは〝すてき〟という言葉が大嫌いだった。なにが〝すてき〟よ！　こっちはすてきなんて言葉からはほど遠い気分だっていうのに！　今にも癇癪《かんしやく》を起こすか、泣きわめくかしそうなのに！

「悪い意味じゃないことだけは確かだよ」タイラーは椅子の背にもたれ、足首を交差させながら言った。

「ごちゃごちゃと飾りたてていないところがいい。本棚は本でいっぱい。じゃまな置物なんか並んでいない。壁の絵は、なにかを主張したくてそこにある。部屋のインテリアに色彩が合うってだけの理由でかけられているわけじゃない。家具はシンプルで快適。むだな装飾はない。ちょうど君のようにね」

それはどう聞いてもほめ言葉だった。だったら、なぜ素直に受け取れないの？ どうして彼が妙に私の機嫌を取ろうとしているように感じられてしまうの？ なぜ〝むだな装飾はない〟という言葉が、地味で退屈って意味に思えてしまうのかしら？

ミッシェルはなにも応《こた》えないことに決めると、ただ緊張気味にほほえみ、タイラーにくるりと背を向けた。そこでふと、部屋に入ってきてから、ずっと彼を見ていたことに気づいた。

それは、いらだつことに加えてもう一つ、タイラーがそばにいると決まってしてしまうことだった。いつのまにか、じっと見つめてしまうのだ。彼の姿、彼のしぐさ、彼の笑顔、彼が部屋いっぱいにその存在感をみなぎらせているようすを……。

とはいえ、タイラーの姿を追い求めているのは、ミッシェルの目だけではない。しかも女性たちだけでもないのだ。大学生のころ、ケヴィンはいつもタイラーのあとをついてまわり、まるでコッカースパニエル犬が主人を見あげるようなつぶらな瞳で彼を見つめていた。

ミッシェルはそれがいやで仕方なかった。

あの当時から比べると、ケヴィンもずいぶん自立したものだが、ミッシェルのほうはまだその呪縛《じゅばく》から脱することができないでいた。タイラーの持つ力を恨めしく思い、無意識にせよ、周囲の人々が思いどおりに動くのを期待している彼の態度をいまいましく感じることには今も変わりはなかった。

ミッシェルは足を踏み鳴らしてキッチンへ入り、ショルダーバッグをカウンターに投げ出した。そこでようやく、手の中でくしゃくしゃになっている招待状のことを思い出した。封を引き破り、中身をちらりと見る。式は教会で行われると書いてあった。行き場のない怒りがこみあげてくる。教会ですって？　ケヴィンが？　生まれてこのかた教会へ足を運んだことなんか一度もないくせに！　なんたる偽善！　なんてくだらない男なの！　なんて……なんて……無神経で血も涙もないろくでなしなの！

招待状をキッチンの隅のごみ箱に押しこむと、新たな涙がこみあげてきた。十年もの歳月を捧《ささ》げたのに……それがみんなむだになるなんて……。

思いきり泣きたかった。けれど、隣の部屋にタイラーが居座っているのではそうもいかない。どうせ腹の中では、それ見たことかと思っているのだ。〝だから警告しただろう、ケヴィンは性格がゆがんでいるから、決して君を幸せにはできないって〟ミッシェルは部屋に上がってからずっと、タイラーがいつそう言いだすかと待っていた。

手の甲で涙をぬぐうと、彼女は電気ポットを取って蛇口に当てた。「インスタントコーヒーでいい？」ぶっきらぼうにきく。

「ああ」

「テレビをつけてもいいわよ」

「いや、けっこう。こうして座ってるだけで満足だよ」

よかったこと。ミッシェルは皮肉たっぷりに心の中でつぶやいた。そうして座っているといいわ、タイラー。私がこうして傷ついた心を押し隠してコーヒーを作っているというのに。本当はあなたなんか今すぐ追い返して、中古の真鍮《しんちゅう》のベッドに突っ伏して、まぶたが腫《は》れるまで思いきり泣きたいのに！

もちろん、ミッシェルはそんなことはしなかった。お気に入りの陶器のマグカップを二つ出し、スプーンでインスタントコーヒーを入れてから、自分のほうには人工甘味料を、タイラーのほうには本物の砂糖をティースプーンに山盛り三杯加えた。

　タイラーは信じられないほどの甘党だ。デザート、チョコレート、そのほか、材料に五百グラム以上の砂糖が含まれているものならなんであれ、並々ならぬ情熱を傾ける。休み時間にタイラーが林檎《りんご》飴《あめ》を立て続けに二個平らげた日のことを、ミッシェルはいまだに覚えている。果物を食べるという耐えがたい行為をなんとか可能にするには、甘いコーティングでまぎらせるしかないのだと彼は言っていた。

　なによりがっかりするのは、タイラーがそのうっとりするほど平らなおなかにどれほどクリームたっぷりのケーキやチョコレートクッキーを詰めこもうと、体重のほうは百グラムたりともふえないことだ。それにひきかえ、ケヴィンは常に体重に目を光らせていなければならず、ケーキやクッキーも決して口にしなければ、コーヒーも必ずブラックと決めていた。ミッシェルも彼がどれほど体形を気にしているか知っていたので、一緒に暮らしているときは、低脂肪低カロリーの食事を作るよう細心の注意を払ったものだった。

　こうしてまた涙がこみあげてきてしまうのは、ケヴィンのことを考えたからだろうか？　それとも彼を喜ばせるために自分が尽くしたありとあらゆる努力を思い出したからだろうか？

　ミッシェルにはわからなかった。わかるのは、これまで必死にこらえてきた涙が、突然堰《せき》を切ったようにあふれ出したということだけだ。

　ミッシェルはキッチンの流しの縁をつかみ、胸も張り裂けんばかりに泣いた。すると、ふいにタイラーの男らしい大きな手が震える肩を包み、壁のようにがっしりした胸に彼女を抱き寄せた。

「いいんだよ」タイラーはやさしく言った。「泣きたいだけ泣けばいい。それで楽になるのなら。だれにも遠慮なんかいらない。ここにいるのは僕らだけだからね」

「タイラー！」ミッシェルはすすり泣きながら、彼の胸に顔をうずめると、力いっぱい抱きついた。

　タイラーはきっとショックを受けていたのだろう。しばらく凍りついていたが、やがて両腕をミッシェルにまわして抱き返した。彼が頭を下げると、ミッシェルの髪に唇が触れた。彼女は一瞬身震いしてから、またすすり泣きを始めた。

「いい子だ」タイラーは温かな繭にミッシェルを包みこむようにして言った。「大丈夫だよ、ミッシェル。君はきっと乗り越えられるさ」

「だけど……ケヴィンがほかのだれかと結婚しちゃうのよ！　そ、そんなの耐えられない。こんなに愛してるのに」

「君は愛しすぎるんだよ、ミッシェル。今までもずっと、やつのことを愛しすぎていた」

　ささくれた心にその言葉を素直に受けとめることはできなかった。また始まったわ。いつものようにケヴィンのことでお説教しようっていうのよ。どうしてちょっとくらい黙っていてくれないの？

　ミッシェルは押しのけるようにしてタイラーの胸から離れ、濡《ぬ》れたまつげの間から彼を見あげた。

「愛しすぎるなんてこと、あなたみたいな人にどうしたらわかるのよ？」

　タイラーはミッシェルを見おろした。その美しいブルーの瞳からは同情の色が消え、容赦のない厳しい光が宿っていた。彼にこんなふうに見つめられたのは初めてだ。ミッシェルは認めたくないと思いながらも、心の動揺を抑えることができなかった。

「ご、ごめんなさい」彼女ははなをすすって、つぶやいた。「ひどいことを言っちゃって」

「ああ、そうだね」タイラーは冷たく言った。「ほら、これではなをかんで」ゴールドのネクタイとおそろいのシルクのポケットチーフを渡す。

彼の氷のようなまなざしから目をそらす口実ができて、ミッシェルはほっとした。とはいえ、おそらく自分の意見を正当化したいという気持ちがあったのだろう、この話をうやむやにすることもできなかった。「あなただって……あなただって認めるでしょう、だれかに夢中になったことなんて一度もないって」はなをかみながら言った。「だって、毎週ガールフレンドを取っ替え引っ替えしてるんだから」

タイラーがなにも言わないので、ミッシェルは思いきって彼の顔を見あげた。またほほえんでいるのがわかってほっとする。彼のトレードマークとも言える、どこか楽しんでいるような、自信に満ちた、罪なほどにセクシーな笑顔だ。

「すべてお見通しってわけかい？」

「気がつかないほうがおかしいわ」

タイラーは無造作に肩をすくめた。「仕方ないんだよ。あいにく、長い間、興味を抱きつづけられるような女性とデートをしたことがないものでね」

「それはデートの相手のタイプが問題なんじゃない？」ミッシェルは冷ややかに言った。「つまり、率直に言って、彼女たちの長所は頭脳じゃないでしょう？」

「たぶんね」タイラーはにっこりした。「でも、脚は長所だ」

ミッシェルはあきれてかぶりを振った。「タイラーったら……どうしたらあなたを救ってあげられるのかしら」

「同情するくらいなら、君が僕の記録を塗り替えてくれればいいんだ」

「はあ？」

「今夜一緒に出かけようよ。食事をして、それから踊りに行くんだ。そうすれば、僕は頭脳も脚も長所の女性とデートをしたことになる」

ミッシェルは天を仰いだ。タイラーにからかわれるくらい、いらだたしいことはない。しかも会うたびにこの調子なのだ。身長百五十七センチしかない女がそんな長い脚をしているわけがないでしょう？

「あら、すてき。食事とダンス？　あなたと？　最高。喜んでお供させていただくわ、タイラー」ミッシェルも冗談で返した。

　タイラーにとって本物のデートは食事とダンスだけでは終わらないことを、ミッシェルはよく知っていた。女性の家の前で急いでおやすみのキスをするだけでもない。相手の女性はギャリソン家の大邸宅の裏にある豪華な改造ボートハウスに運びこまれ、これまた豪華なキングサイズのウォーターベッドに投げ出されるのだ。

「よし」タイラーはきっぱりと言った。「どれくらいで支度できる？」

　ミッシェルは一瞬彼を見あげ、それから緊張気味の笑い声をあげた。「まさか本気じゃないわよね？」

「本気だよ。決まってるじゃないか」

　ミッシェルは呆然《ぼうぜん》とした。タイラーは間違いなく本気だ。

　思いがけない誘いに、めまいすら覚えるほどの喜びがわきあがるのを否定することはできなかった。ひょっとしたら、私はいつも心のどこかで、タイラーが誘ってくれるのを夢見ていたの？　でも、彼はこれまで決して誘ってはくれなかった。ただの一度も。多少なりとも欲望を秘めたまなざしで見てくれることもなかった。ほんの数分前の、車の中での一件を除けば……。しかも、あれだって本当に欲望をそそられていたわけではない。いつものようにからかっていただけだ。

　それが今こうして、タイラーにデートに誘われている。

　だが、愚かなときめきも、常識がその本当の理由を語りはじめると、いっきにしぼんでいった。これが本物のデートのわけないじゃないの。タイラーはただ、ケヴィンのことで同情して、親切にしてくれているだけなのよ。

そう、仮にこの誘いを受けたとしても、デートが終わったあと、タイラーは間違いなくこのアパートメントまで私を送り届け、大急ぎでおやすみのキスをして去っていくだけだろう。

すでに傷ついたミッシェルの心は、より鋭い新たな痛みに締めつけられた。それは、自分が女として欠陥品なのだと思い知らされた痛みだった。ただ愛されていない、必要とされていないだけではなく、肉体的に求めてももらえないのだと思えてきた。そうよ、ケヴィンだって最後には私を求めてくれなかった。それなのに、なぜタイラーから求められるなんて思うの？　こんなに優秀で優美で優雅なタイラーから……。

「ばかなことを言わないでよ」ミッシェルは打ちひしがれた痛みを表に出さないように精いっぱい努めた。「それほどデートをしたくて困っているのなら、だれかほかの人に頼んで。頭のからっぽなシリコン美人のお知り合いならいっぱいいるでしょう？」

「つまり、君の返事はノーってことだ」

タイラーの険しい口調に、ミッシェルは驚いた。そこで、自分がどれほど恩知らずなことを言ったかに気づき、愕然《がくぜん》とした。「ねえ、タイラー……お心づかいはとてもありがたいんだけど、今夜は本当に疲れているの。仕事も忙しかったし、あれやこれやで、とにかくなにか家で簡単なものでも食べて、さっさと寝てしまいたいのよ」

「なるほど。それじゃ、別の晩ならどうだい？」

ミッシェルはため息をついた。「タイラー……こんなことまでしてくれなくていいのに」

「こんなことまで？」

「わかってるくせに」

「ああ、なるほど。君は僕が同情から誘っていると思ってるんだ」

「違うの？」

タイラーは情けなさそうな顔でほほえんだ。「その質問に答えるつもりはないよ。どうやら不利な証拠として採用されそうだからね」

ミッシェルはため息をつき、彼に背を向けてマグカップを手に取った。「これ、まだ飲む？」彼女は肩ごしに尋ねた。

「もし面倒でなければ」

「インスタントコーヒーが面倒なわけないでしょ。居間に戻って、テレビでもつけていて。『スピードで勝負』が七時に始まるわ」

「クイズ番組が好きなのかい？」ミッシェルがマグカップを二つ手にして居間に入っていき、コーヒーテーブルに置いたところでタイラーが尋ねた。

「ええ」もう一脚のリクライニングチェアに腰を下ろしながら、ミッシェルは答えた。ふだんはね、と心の中でつけ加える。今夜はなにをしても楽しめそうにないけれど。

「だったら、勝負しよう」タイラーが言った。「それとも、受けて立つほどの自信はない？」

タイラーの自信満々な顔を見て、ミッシェルの負けん気に火がついた。彼女は同じようにつんとすまし、横目で彼を見やった。「こてんぱんにやっつけられたからって、吠《ほ》え面をかかないでね」

ミッシェルに得意なものがあるとすれば、それはクイズにほかならない。これまで何年も、人並みはずれた記憶力で、幅広い知識やあらゆる雑学を吸収してきた。毎晩この椅子に座り、挑戦者たちが答える前に解答を出すのが、なによりの快感なのだ。

タイラーがにっこりした。「吠え面をかくのはどっちかな、お嬢さん」

「まあ、恐ろしいこと」ミッシェルはわざと怖がってみせた。「さあ、一問目が始まるわ。挑戦者より先に答えられた場合だけが点数になるのよ」

「了解」

それから三十分間、ミッシェルはここ何年も味わったことがないほどの爽快《そうかい》感を覚えていた。勝者はミッシェルだった。だが、タイラーもなかなかのもので、とくに問題の長い〝私はだれでしょう？〟のセクションでは断然彼が優勢だった。けれど、それ以外の問いではミッシェルのほうが早かった。おそらく日ごろから練習を積んでいるためだろう。タイラーが毎晩七時からの『スピードで勝負』を欠かさず見ているとはとても思えない。

番組が終わり、タイラーが帰ろうと腰を上げたとき、ミッシェルはなぜか寂しい気分になった。さっきまでは帰ってほしくて仕方がなかったのに、不思議なものだ。

彼女も続いて立ちあがり、あわてて言った。「もう少しゆっくりしていけるのなら、ピザでも頼むけど。今月のスペシャルで二十ドルのセットがあるの。二種類好きなピザが選べて、ガーリックブレッドとコーラとアイスクリームケーキがついてくるのよ」

「ふーん。断るにはあまりにも魅力的な誘いだな」

ミッシェルはタイラーをにらみつけた。「それ、皮肉？　確かに今のあなたにはピザなんてごちそうからはほど遠いかもしれないけど、昔は私たちと一緒に喜んで食べてたじゃないの。でも、あの懐かしい日々はもう帰ってこないのね」まくしたてながら、からのマグカップを手に取る。「最近では、銀の食器に盛られたもの以外は口にしないんでしょ！」

「いいかげんにしてくれよ」タイラーがいらだたしげに言った。「君がなんなのか言ってやろうか、ミッシェル？　君はアンチ上流趣味だ。おまけに、ときどき手がつけられないほどいやみな女になる。いいかげん僕をいびるのはやめて、さっさとピザを頼んでくれ。そうでないと膝の上にのせて、そのかわいいヒップをたたいてやるぞ。悪い子にはお仕置きしてやらないとな」そしてまた椅子に腰を下ろした。

ミッシェルは顔を真っ赤にほてらせていた。自分には怒りのせいだと言い聞かせていたが、心のどこかではその言葉によって描き出されたエロチックなイメージのせいだとわかっていた。

私ったら、いったいどうしてしまったの？

ミッシェルはくるりと背を向け、マグカップを手にすたすたとキッチンに入ると、落ち着きを取り戻すまで、しばらくそこにこもっていた。

「私が悪かったわ」やがて居間に戻り、きびきびと言った。「あなたの言うとおりよ。どうしてあなたがいつまでも私なんかを気にかけてくれるのかわからない。でも、これでケヴィンともきっぱり別れられるから、これからはもう電話をかけてくれたりランチに誘ってくれたりしなくても仕方ないわね。私は気むずかしくて恩知らずで扱いにくい面倒な女ですもの」

「いや、そんな生やさしいものじゃないな」

タイラーはにやにやしている。その顔を見て、ミッシェルもつい吹き出してしまった。タイラーがひとたびその魅力をフルに発揮しようとしたら、彼に対して怒りつづけているのは至難の業だ。

「どうせならビデオも借りて、ピザを食べながら見ないか？」タイラーは言った。「昔みんなで夢中になった、正義は必ず勝つって類《たぐ》いのお決まりのアクション物を」

「いいわよ」

「よし！」タイラーはぱっと立ちあがった。「さてと、君の目下のスーパーヒーローはだれだい？」

「だれでも。あなたが好きなのでいいわ」

「驚いたな。その気になれば、けっこう素直になれるんじゃないか」

ミッシェルはいぶかしげなまなざしをタイラーに向け、両手を腰に当てた。「あなたもそのうちわかるわ。私、こう見えても、その気になればとっても素直になれるのよ」

「だったら、僕と一緒のときはいつもその気にならないわけだ」

「あなたにはいつも神経を逆撫《さかな》でされてしまうんだもの」

「どうして？」

「どうして？」

「ああ、どうしてだい？」

「さあ……よくわからないけど……」ミッシェルはとまどいながら答えた。

「じっくり考えてみてくれよ。実は、僕も前から不思議に思ってたんだ。ずばり正直に言われたって気にしないからさ。まあ――」タイラーは皮肉っぽくつけ加えた。「いつものことだしね」

「そうね……たぶんあなたが……完璧《かんぺき》すぎるからじゃないかしら」

「完璧すぎる？」タイラーは声をあげ、続いて笑いだした。「おいおい、僕なんて完璧からはほど遠いじゃないか」

「それを言うなら、私だっていやみな女じゃないわ」

タイラーは急に穏やかな表情になった。「わかってるよ。さっきはすまなかった。君はとてもやさしくて情に厚い、まっすぐな女性だ。君と別れるなんて、ケヴィンは大ばか者だよ」

それにはミッシェルも同感だった。

「だけど、ばかっていう点では君のほうが上をいってる」タイラーはせっかくのいい気分にすぐに水を差した。「あんなやつに長いこと我慢しつづけていたんだからね」

ミッシェルは弁解しようと口を開けたが、タイラーはその隙《すき》を与えなかった。

「君がなぜ最初に彼に夢中になったのかはわかるよ。ケヴィンの少年っぽい魅力と、謙遜《けんそん》して相手をいい気分にさせる作戦には、僕らみんながだまされていたからね。僕だって正直なところ、やつにお世辞を並べたてられてすっかり悦に入ってた。自分が特別な人間のような気がしてた。尊敬され、頼りにされて、どんなことがあってもこいつの力になってやらないとって思ってた」タイラーはそこで口ごもった。ミッシェルがなにか言うのを待っていたのかもしれない。だが、ミッシェルは呆然と彼の言葉に聞き入っていた。しばらくしてタイラーは続けた。「やつはお世辞の天才だよ。そうだろう？　そして、お涙ちょうだいの天才でもある。でも、ようやくわかったんだ。お涙ちょうだいの身の上話もお世辞の嵐《あらし》も、結局はみんな狙《ねら》った獲物を手に入れるためのものなんだよ。彼自身はなんの努力もせずにね。自分は貧乏だって嘆きながら、僕の車や服装をほめちぎる。それはひとえに車や服を借りたいから、あわよくばもらえないかと思ってるからなんだ。みんなの才能をたたえて自分なんか及びもつかないと言ってるときは、かわりに課題をやってほしいからなんだよ。ああ、僕もしばらくの間は彼の策略にまんまとはまってた。だけど、十年はだまされなかったぞ！　こんなに長い間、どうやって君の目をごまかして、自分勝手な金の亡者の本性を隠し通してきたのか、不思議で仕方ない。できることならそのテクニックを知りたいくらいだよ。それとも、君はただのマゾヒストなのか？　この際だからはっきり教えてくれよ」

タイラーのあまりに辛辣《しんらつ》な批判に、ミッシェルは頭がくらくらしていたが、やがて、以前ケヴィンが口にしたお世辞の数々が次から次へと浮かんできた。ケヴィンはベッドの中でも外でもミッシェルのことをほめそやし、彼女はそんな彼をもっと喜ばせようとさらに努力した。自分はベッドの中であまり快感を覚えたことがなくても、その事実を無視して、ただケヴィンさえ喜んでくれればいいと思っていた。

タイラーがいつも言っていたとおりだ。私のケヴィンへの愛は、愚かで独りよがりなものだった。そう気づいたとたん、ミッシェルは目の前が真っ暗になった。そう……ひょっとしたら私は本当にマゾヒストなのかもしれない。過去数年間、ケヴィンには喜びをもらうより、悲しみを味わわされることのほうがずっと多かった。今にして思えば、ケヴィンの甘い言葉に中毒になっていたがゆえに、彼のひどい仕打ちも無視しつづけてきたのだろう。ベッドの中の君は最高だ、君は世界中のだれよりもきれいで、知性と思いやりにあふれている——そんなせりふを聞きたがらない女がどこにいるだろうか？

ケヴィンの口から初めてそういう言葉を聞かされたとき、私は女として完全に満ち足りた存在なのだと感じた。私が心の隅にかかえていた隙間を、彼は埋めてくれた。ケヴィンが真に迫った口調で甘いせりふを並べながら、よりを戻そうと言ってくると、心から彼を信じたくなってしまう。もう一度あの満たされた感覚を味わいたい、自分は必要とされていると思いたい一心で……。

だからこそ、私はいつもケヴィンを迎え入れたのだ。彼が何カ月も前に旅行鞄《かばん》をかかえてふらりと出ていってしまったときでも。さらに、ケヴィンがまったく違った種類の〝冒険心〟に憑《つ》かれたときですら、私は彼の浮気を許し、何度もよりを戻した。そして、自分に言い聞かせた。彼の浮気はただの肉体的な欲求なのよ。私たちが分かち合っているのはそれだけじゃない、もっともっと深いものだわ、と。

けれど実際には、二人はなに一つ分かち合ってはいなかった。私が一方的に与え、ケヴィンが一方的に奪うだけだった。愛し、気づかっているのは私のほうだけだった。

ケヴィンのことでは、これまで何度もタイラーにばかだと言われた。結局は彼の言うとおりだった。ただ、頭で理解することと、直視してそれを乗り越えることの間には大きな開きがある。十年間、ケヴィンは私の生活の中心だった。彼をまったく忘れ去って前に進んでいくことなど、ほとんど不可能に思える。

でも、これから先、自尊心を取り戻し、自分自身に誇れる人間であるためには、なんとかそれをなし遂げるしかない。

「結婚式はいつ？」ミッシェルは唐突に尋ねた。

くってかかられるとでも思っていたのか、タイラーは唖然《あぜん》として、口元をこわばらせている。力強いまっすぐな鼻と角張った顎でバランスが取れていなければ、どこか女性的な感じのする唇だ。

「まもなくだ」タイラーは答えた。「五月の第一土曜日。あと三週間あまりだな。なぜだい？　まさか、やつが婚約を解消して戻ってくるなんて期待してるんじゃないだろうな？」

そんなことは考えもしなかった。

もしケヴィンがそうしたとしても、ミッシェルはよりを戻すつもりはなかった。もう二度と。結婚式の招待状を手にしてからというもの、すっかり動揺していたが、ここにきてようやく自制心を取り戻せたような気がした。

力がわいてきた。

「あなたのほうの招待状に、〝ご同伴者と〟って書いてあった？」ミッシェルはさらに尋ねた。

「たぶん。ああ、たしか書いてあったな」

「今、だれか決まった相手はいる？」

「あ……とくに決まった相手っていうのは……」

「なるほど、ただの遊び友達ってわけね。だったら大丈夫だわ。あなたが学生時代の友達と一緒に結婚式に行っても、彼女のほうは問題ないわね」

タイラーは顎がはずれたかと思うほど口をあんぐりと開けた。「ケヴィンの結婚式に君を連れていけっていうのかい？」

「連れていってくれる？」

タイラーは信じられないと言いたげな表情だ。

「だけど、どうして君が行きたがるんだ？」

「行かなくちゃいけないの」

「僕にはとても理解できない」タイラーはつらそうに言った。「いったいどういうことなんだ？」

ミッシェルの笑みもどことなく悲しげだった。

「私は十三歳のときに母を癌《がん》で亡くしたの。話したことはあったかしら？」

タイラーは眉を曇らせた。「い、いや、知らなかった。その……お母さんが亡くなったことは知っていたけど、いつ、どうしてって話は初耳だ。ただ、それがケヴィンの結婚式となんの関係があるんだい？」

「母の葬儀の前に、最後のお別れを言いたいかってきかれたの。亡くなるまでの一週間はお見舞いに行くことも許されなかった。私が行っても、モルヒネのせいで母には私だってことすらわからないって父は言ってたわ。いずれにしても、結局私はお見舞いにも行かなければ、死に顔も見なかった。自分には母が元気だったころの姿を覚えておきたいからだって言い聞かせていたけど、本当のことを言えば怖かったの。死を目の当たりにするのが。以来、それをずっと悔やんでいるわ。私……私は……」言葉が喉につまって出てこなかった。いつのまにか、ミッシェルは再びタイラーの腕に包まれ、すすり泣いていた。

「ミッシェル……頼むよ……泣かないで。お願いだからそんなふうに考えないでくれよ。君はまだほんの子供だったんじゃないか。そのほうがずっとよかったんだよ。君の言うように、元気だったころのお母さんを覚えておいてあげるほうがね」

「違うの、そういうことじゃないのよ」ミッシェルは喉からしぼり出すように言い、苦悶《くもん》に満ちた表情でタイラーを見あげた。「ちゃんと見ていたら、母の死は現実になっていたはずなの。それから何年も、私にはどうしても信じることができなかった。母はどこかよそに行っているだけだと思えて仕方なかったの。母の死を受けとめるまで何年もかかったわ。ケヴィンがほかのだれかと結婚するのは、私にとっては死も同然なのよ。その場に行って、彼が結婚するのを見届けなくちゃ。ちゃんと現実として受けとめるために。彼がどういう男なのか、はっきりこの目で確かめるために。そうすればこの先、彼がいなくても、ちゃんと前に進んでいくことができるわ」

　タイラーはしばらくなにも言わなかった。ただミッシェルの頬の涙を指でぬぐうだけだった。

　やがて、ミッシェルがすっかり落ち着きを取り戻したころ、彼はにっこりとほほえみ、彼女を見おろした。

「そういうことなら、喜んで君を連れていくよ」タイラーはやさしく言った。「ただし、条件が二つある」

「なんでも言って」

「君の招待状には、出欠の返事は出さないこと」

　タイラーと一緒に現れたとき、ケヴィンがいかにショックを受けるかを思い浮かべ、ミッシェルは目を輝かせた。「二つ目の条件は？」復讐《ふくしゅう》心とはかくも強い感情なのだろうか？　その威力を生まれて初めて感じながら彼女は尋ねた。

　見ると、タイラーの瞳にも不穏な光が宿っていた。

「とびきりセクシーな服を着てきてくれ」

3

「どう？」ミッシェルはゆっくりとまわってみせた。ルシールが小さく口笛を吹く。「すてき。私が買い物につき合ってあげたおかげよ。その色、すごくよく映えるわ。そうやって髪を巻いて、きちんとメークすると、ますますすてき」

ミッシェルはもう一度鏡台の鏡で自分の姿を見た。その出来栄えにぞくぞくするほどの喜びがわきあがってくる。

先週の土曜日、ルシールがこの目の覚めるほど鮮やかなブルーのドレスをブティックのラックから手に取ったとき、ミッシェルは反射的に首を横に振り、色が派手すぎると言った。ふだん目立つ色を着ることはほとんどなく、たいていは中間色に落ち着いてしまう。コーディネートという点では、中間色のほうがはるかに組み合わせやすく、出番も多い。元来実用を旨とするたちのミッシェルは、服に関してはいつも鮮やかな色を避けていた。

だが、ルシールはそのドレスをミッシェルに押しつけ、試着だけでもしてみるようにと言い張った。そして、ミッシェルの思い込みは一変した。今、彼女は頭のてっぺんから爪先まで鮮やかなブルーに包まれている。ケヴィンがこの姿を見たら、どう思うだろう？　そう考えると、緊張に胃が締めつけられた。

ケヴィンの前に、タイラーに会わなければ。不思議なことに、タイラーがどう思うかを考えると、よけいに胃が痛んだ。

〝とびきりセクシーな服〟と彼は言った。このドレスがセクシーなのは間違いない。セクシーでエレガントで、これまでミッシェルが身にまとったどんな服よりも女らしい。

　体の線にぴったりと沿う踝《くるぶし》丈のサテンのノースリーブのドレスの上に、長袖《ながそで》のシフォンのコートドレスをはおるレイヤードスタイルで、コートドレスは黒いボタンがアクセントになっている。中のサテンのドレスは腰や腿の線があらわになるほど細身だが、コートドレスは歩くとウエストのあたりで二つに分かれ、ふわふわとうしろになびく。

「とても元が取れないわね」ミッシェルは言ったが、本当は気にもしていなかった。こんな自分の姿が眺められるのなら、目の飛び出るような代金を払っただけの価値はある。

「プレイボーイのお友達も、これを見たら卒倒するわ」ルシールが冷ややかに言った。「あなたもちゃんと自分のしてることがわかっていればいいけど。彼みたいな人にケヴィンの結婚式にエスコートさせるなんて。どんなにしっかりしているつもりでも、あとで必ずめそめそするに決まってるわ。悪い狼《おおかみ》の大きな腕で抱き締められたら、たちまちベッドに引きずりこまれちゃうのよ」

　ミッシェルは笑うしかなかった。「もしタイラーのことを知っていたら、あなただってそんなばかなことは言わないはずだわ。彼は私のことをそんなふうには見てないの。百万分の一の可能性もないわね。私たち、いい友達なのよ」

「〝いい友達〟って、言語の中で最も使い古され、なおかつ最もないがしろにされた言葉よね。今日みたいな姿で現れてごらんなさいよ、あなたのことを抱きたいと思わない男がいると思う？　覚悟しておきなさい。披露宴では、独身男は一人残らず口説いてくるわよ。ついでにいやらしい所帯持ちもね。我らが気高きミスター・ギャリソンも、その姿を見たら、あなたに対する評価を大幅に修正しなくちゃならなくなるわ」

「この目で見るまでは信じられないわね」

「その目で見たときには遅いのよ。悪い狼が襲いかかってくるんだから」

「タイラーのことを知らないから、そんなことを言えるのよ。言っておくけど、一度、彼の前ではケヴィンの件でめそめそしたことがあるの。そして、悪い狼の大きな腕で抱き締めてもらったの。しかも二回も」

「嘘《うそ》。それで、どうなったの？」

「なにも起こらなかったわよ。彼、はなをかむのにハンカチを貸してくれて、二、三、慰めの言葉をかけてくれただけ」

「そう……」ルシールは一瞬がっかりしたような表情になった。「まあ、よかったじゃない、ねえ？　前にも言ったけど、男に関しては用心しすぎるってことはないもの。とくにセックスについてはね」

「セックスってことなら、タイラーは十分すぎるくらい間に合ってるわよ。私みたいな昔なじみを口説くほど不自由してないのは確かね」

「ところで、タイラーは何時に迎えに来るの？　結婚式は四時からだって言ってたわよね？　ノース・チャツウッドの今はやりの古い教会でしょ？」

「三時半に階下《した》で待ってるって言ってあるわ」

　ここ三週間、タイラーはミッシェルのようすをうかがいに頻繁に電話をかけてきては、まだ結婚式に行くつもりか、彼女の意向を確かめた。最後に連絡があったのは三日前だ。ミッシェルはそのときにはすでにドレスも買って、突然戦争でも勃発《ぼっぱつ》しない限りは、なにがあろうと出席する決意だった。ケヴィンからはとうとう連絡はなかった。招待状に返事を出さなくても、電話の一本もかけてこなかった。

　ケヴィンにこれほど粗末に扱われるなんて、今でも信じられなかった。もういっさい関係ないというのなら、なぜ招待状など送ってよこしたのだろう？彼が意図的にひどい扱いをしているとしか思えない。

ルシールが腕時計に目をやった。「もう三時半よ。それじゃ、最終確認。香水はつけた？」

「ええ」

「アクセサリーは？」

「つけないことにしたの」髪を下ろしているので耳は見えない。ネックレスは合うものが見つからなかった。

「そうね」ルシールがうなずく。「このドレスにむだな装飾はいらないわ。靴は？」

ミッシェルは目をまるくしてみせた。「靴なんて忘れっこないでしょ？」最近、パーティドレスには恐ろしくヒールの高いストラップサンダルを合わせるのが流行だが、ミッシェルもルシールの強い勧めで、めまいがしそうなほど高いヒールの黒いエナメルのサンダルを購入した。ふだんはいている歩きやすい黒のシンプルなパンプスとは大違いだ。そこでここ一週間、ミッシェルは毎晩、そのサンダルをはいて歩く練習をした。ケヴィンの結婚式で酔っぱらいのようにふらふらしたり、よろめいた拍子に信徒席に突っこんだりするなんて願い下げだ。

「すてきな靴よね」ルシールは改めて言った。「あなたの足が私より小さくて残念。同じなら借りられるのに。バッグの中身は大丈夫？　お金、鍵《かぎ》、香水、口紅、ティッシュ、それに避妊具は？」

ミッシェルは目をむいた。ルシールは恥ずかしがるようすもなく、平然としている。

ルシールは肩をすくめて言った。「そうよ。確かに私は男に関しては疑い深いたちよ。自ら有罪を認めるわ」

ミッシェルは、必需品リストのすべてから避妊具を除いたものを黒いエナメルのバッグに入れた。いずれにせよ、避妊具は持っていない。もっとも、洗面台の引き出しかどこかに一つくらいは残っていたかもしれない。以前整理していたときに、見たような気がする。

ケヴィンは常に避妊について神経質なほど気を配っていた。おそらく、最初のころから隠れて浮気をしていたのだろう。犯罪者は賢く、かつ慎重でなければならない。そうでなければ、たちまち尻尾《しっぽ》をつかまれる。

「確かにあなたの男性観には同感よ」ミッシェルはセカンドバッグのファスナーを閉めながら、むっとして言った。「でも、私自身の意志ってものもあるの。私は絶対に軽はずみなセックスなんてしませんから」

「何事にも初めてのときがあるのよ。熱烈に恋してた相手が結婚する日なんて、一番のチャンスじゃないの。そう思わない？」

ミッシェルはセカンドバッグを持つ手に力をこめた。

ルシールは一瞬にして情けない表情になった。

「私ったらなんてこと……。ごめんなさい、ミッシェル。あなたがこんなに気丈にふるまっているのに、なんてばかなことを……。これこそ有罪だわ。自分で頭を撃ち抜きたいくらい」

「いいのよ」三週間前ならショックを受けていたかもしれないが、今ではそれほどでもなかった。招待状を受け取ってから一週間は、ずいぶんいろいろと考えた。そして、一つの結論に達したのだ。私はケヴィンに対して中毒のようになっていた。相手から切ってくれるまでは、こちらからは断ち切れない存在になっていた。

愛とは厄介なもので、ときとして人に真実を見えなくさせる。自分自身の愚かさまでも見逃してしまうのだ。ケヴィンに懇願されるままに何度も彼とよりを戻したのは、私の弱さが原因だった。

ケヴィンのこと以外では、私は決して弱い人間ではない。彼との一件を除けば、生まれてこのかた、真実を恐れて直視できなかったことなど一度もない。

ケヴィンは、私が今日なにをしていると思っているのだろう？　もっとも、私を少しでも思い出すことがあればの話だけれど……。部屋の片隅で膝をかかえて泣いているとでも思っているのだろうか？　だったら、彼は目が飛び出るほどのショックを受けることになる。私はこれからケヴィンの目の前に現れて、彼なしで生きていけることをはっきりと見せつけてやるのだから。

タイラーと一緒に現れれば、その効果は何倍にもなる。私とタイラーがつき合っているとケヴィンが思ったら、さらに衝撃は大きくなるだろう。いっそタイラーに頼んでみようか、私たちが……。

「ミッシェル？」ルシールが声をかけた。「なんとか言って。そんな変な顔をして突っ立ってないで」

ミッシェルはルシールに笑顔を向けた。「大丈夫よ」

ルシールはまだ心配そうだ。「ほんとに？」

「ええ。目からうろこが落ちたわ。ケヴィンは愛する価値もないろくでなしよ。あんな男、いないほうがずっと幸せ」

「そんなこと、頼んでくれたら、私がとっくの昔に言ってあげたのに」

「だったら今言って」

「ケヴィンは愛する価値もないろくでなしよ。あんな男、いないほうがあなたはずっと幸せ」

ミッシェルはほほえんだ。「ありがとう。さあ、もう行かなくちゃ。タイラーったらプレイボーイのくせに、いやになるほど時間に正確なの」

ルシールは階下まで見送りに来てくれた。二人でガラスのドアの中から通りをうかがい、タイラーの車が現れるのを待った。今日は風が強い。せっかく大金をはたいてセットした髪を乱したくなかった。いつもはまっすぐな褐色のボブが、四〇年代のフィルム・ノワールに出てくるようなセクシーなウエーブヘアに変貌《へんぼう》している。

　時刻は三時半を過ぎた。

　三時四十分になったところで、部屋に戻ってタイラーの携帯電話に連絡しようかと思っていると、緑色のセダンがけたたましいブレーキの音をたててドアの前にとまり、タイラー本人が飛び出してきた。

「あきれた。また新しい車を買ったのね」ミッシェルは憤慨したように言った。

「車なんてどうでもいいわ」ルシールが応じる。「あの絵に描《か》いたようないい男、見てごらんなさいよ。しかも生身なのよ。あれほど美しいもの、今まで見たことがある？」

　ルシールの少しみだらな称賛も、ミッシェルにはよく理解できた。タイラーのタキシード姿は、目が釘《くぎ》付けになるほどの美しさだ。

　ルシールの反応に、ミッシェルはある意味でほっとしていた。自分の鼓動が妙に速くなっている理由が説明できる。タイラーは自動的に女性の情熱の噴射ボタンを押してしまうような男なのだ。

「もし私の好みがブロンド男なら、こっちから無理やり迫っちゃうんだけど」タイラーが大股に近づいてくるのを眺めながら、ルシールはささやいた。「でも正直なところ、私は黒髪でちょっと陰のあるタイプが好きなの。それにしても、ミッシェル、私の勧めを聞いて避妊具の二、三個でもバッグに入れておけばよかったのに。もし完全にケヴィンを忘れ去っていないとしたら、彼はこれ以上ない治療薬になるわ」

「なにを言いだすの？」ミッシェルは唖然《あぜん》とした。「さっきはタイラーに気をつけろって言ってたくせに。言ってることがめちゃくちゃよ」

「確かにそのとおりね。ちょっと荒療治すぎるかもしれない。あなたはそういうことをうまく割り切れるようなタイプじゃないものね。ごめんなさい。今言ったことは忘れて。それじゃ、私はさっさと消えるわね。おじゃましちゃ悪いから」

ルシールは階段を駆けあがっていった。残されたミッシェルは、彼女の突拍子もない提案を頭から振り払い、落ち着きを取り戻そうと苦労しながら、ドアの外に出た。それでも、目に映るのは歩いてくるタイラーの姿だけだ。しかも頭の中では、もし今夜ベッドをともにしてと誘ったら彼はなんと言うだろうかなどと考えている。

ミッシェルはエレガントに装ったタイラーの全身を眺めまわし、再び彼の顔に視線を戻した。しっかりした骨格の古典的ハンサムとも言える顔立ち。射るようなブルーの瞳と、厚みのあるセクシーな唇。その唇が自分の唇に、そしてもっと親密な場所に触れることを想像し、胸の鼓動が激しく乱れた。タイラーも足をとめ、ミッシェルを驚いたようにしげしげと眺めている。それが彼女の狼狽《ろうばい》に拍車をかけた。

「おいおい、ミッシェル！」タイラーはミッシェルの両手を取り、腕を広げさせて、もう一度サテンに包まれた彼女の全身を見まわしてから、最後に顔に視線を戻した。ミッシェルは頬が赤くなっていないようにと祈った。「言葉も出ないよ」彼はにっこりした。「食べてしまいたいくらいだ」

ミッシェルがついさっき考えていたことと照らせば、それはまさに不適切な表現だった。瞬時にして彼女の頭には、文字どおり彼にそうされている場面が浮かんだ。もっとも、それもせいぜい三秒間だったが……。

「その色、君が着ると、実に……おいしそうだ」タイラーは言った。

「ありがとう」ミッシェルはなんとか言葉を返した

もののﾞ、声が妙にうわずっていた。

「さあ、急がないと、世紀のイベントを見逃すぞ。遅れてすまなかった。新しい車を取りに行ってたんだ。おっと、足元に気をつけて。まるで竹馬にのってるみたいだな。せっかく大変身した姿を花婿に見せるのに、その前に顔から倒れこんだのでは、元も子もないからね」

　皮肉っぽいからかいの言葉に、ミッシェルは夢の世界から現実へと引き戻された。どんなに見た目がおいしそうでも、タイラーは私に対する見方を変えたりはしない。彼は今までも、これからも、私相手にセクシーな想像なんてするはずがないのよ。

「これが今流行なのよ」ミッシェルはむっとして言い返した。

「そうかもしれないけど、踊るときには障害になる。他人の足を踏みつぶさないようにするには、よほど上級のパートナーと組まなければ無理だ。つまり、今夜は君の本命以外とは踊れないということだな。そうだ、それで思い出したが、ケヴィンに僕ら二人が少し前からつき合っていると思わせたらどうかな？　彼にも君の痛みの何分の一かでも味わわせてやったほうがいい」

　ミッシェルはあっけにとられた。「実は私も、つき合っているふりをしてほしいって頼もうと思っていたのよ」

　タイラーも驚いたような顔をしている。「君も？　ふーん、天才っていうのは同じようなことを考えるものなんだな」

「だったら、それでもいいの？」

「それでもって、別に問題はないだろう？」

　今日のような装いなら、彼に恥をかかせることはないだろうと、ミッシェルは思った。「彼女は？」

「彼女？」

「あなたが今……あ、そういうこと……」ミッシェルはため息をついた。「あれは三週間以上も前だったもの、あなたのデートのサイクルで言えば、永遠にも等しいほどの大昔よね。彼女も、これまでの女性たちと同様、もう過去のものってことね」

　タイラーは肩をすくめ、ミッシェルのために車のドアを開けた。「彼女にはちゃんと別れのプレゼントを贈ったさ」ミッシェルがこの間の車よりははるかに人にやさしいシートに乗りこむのに手を貸しながら、彼はわざわざ言い添えた。「かなり機嫌よく去っていったよ」

「タイラー、あなたって、こと女性問題に関しては罪深いまでに浅薄なのね」

「今日まではね」タイラーは平然として言った。「でも、なんとなく変われそうな気がしてきたよ」

「まあ、当てにしないで待ってるわ」ミッシェルは鼻で笑い、シートベルトを締めた。

　タイラーがなにも言い返そうとしないのでちらりと顔を上げると、彼はどことなく悲しげな表情で彼女を見おろしていた。だが、次の瞬間、その唇にはおなじみの皮肉っぽい笑みが浮かんだ。タイラーは助手席側のドアをばたんと閉め、運転席側にまわって車に乗りこんだ。

「僕という男に関して、君に再教育をほどこさないとならないようだな」シートベルトを締めながら、彼はわざと大まじめな顔で言った。「僕がどれほど誠実で、温かく、感受性豊かな男か、わからせてやらないと」

　ミッシェルはこらえきれずに吹き出した。「あなたってほんとに傑作なんだから！」

　タイラーが怒った顔でイグニッションキイをまわし、車を発進させても、ミッシェルはまだ笑いつづけていた。

4

教会に着くころには、ミッシェルの笑い声はすっかりおさまっていた。再び胃が緊張に締めつけられる。幸い、花嫁の支度が遅れ、式はまだ始まっていなかったものの、ほかの参列者たちはすでに席についていて、二人が入っていくと、みんないっせいに振り向いて視線を浴びせた。

空いた席をさがして歩きながら、ミッシェルはタイラーの肘にからめた腕に力をこめた。

いつものことながら、女性たちの目はタイラーに集中している。ミッシェル自身も、流行のスーツに身を包んだ若者たちのなめるような視線を全身に感じていた。いかにも都会派ホワイトカラーといった

彼らの中に、知った顔は一人もいない。花婿の側の招待客でさえ、一人としてミッシェルの知り合いはいなかった。

おそらく、花嫁を通じて新たに知り合った仕事上の取り引き相手や社交界の顔見知りなのだろう。ケヴィンには招待するような親族はいなかった。少なくともミッシェルの知る限り、そういう人の話は聞いたことがない。

ケヴィンの母は、二年前に亡くなっていてかえって幸せだったかもしれない。生きていても息子の結婚式に呼ばれることはなかっただろう。夫を持たないままケヴィンを出産し、公営住宅に住みながら女手一つで彼を育てあげた母親は、その貧しさがまるで罪であったかのように息子に恨まれていた。

ミッシェルもかつてはケヴィンの生い立ちを気の毒に思ったこともあったが、今では彼がただの恩知らずに思える。

中央通路の先には、まだ当のケヴィンの姿はなかった。実際にこの場に来てみて、ミッシェルは後悔しはじめていた。しかし、もう遅すぎる。

オルガンの音が鳴り響き、牧師が現れた。続いてケヴィンが二人の花婿付き添い人を従えて出てきた。三人とも黒のタキシードに身を包んでいる。ミッシエルはこれまで何年もの間愛しつづけた男性に視線を向け、今初めて、幻想に惑わされずに客観的に彼を見てみようとした。

ケヴィンはいかにも頭が切れそうに見える。それは確かだ。そして、ハンサムであることも間違いない。けれど、その美しさは年とともに衰える類《たぐ》いのものだ。肉厚の皮膚の下には、中年になっても容貌《ようぼう》を支えてくれるしっかりした骨格の土台がない。

だが、ミッシェルはかつて、ケヴィンの少年っぽいキュートな顔立ちとその見せかけのやさしさに惹《ひ》かれていた。

そしていまだに、いくら現実的な目でケヴィンを眺めているつもりでも、ミッシェルの内なる自己は相対するさまざまな感情に揺れていた。頭ではケヴィンを恨んでいても、愚かな女心は依然として、彼がお金のために真実の愛に背を向けたのだと、締めつけられるような痛みを感じている。そうよ、彼はダニーのことなんか愛していない。ミッシェルは、それだけは確信していた。

ああ、ケヴィン……。

おそらくミッシェルの視線に気づいたのだろう、ケヴィンが彼女の方を見て、二人の視線が合った。彼の瞳が驚いたようにかすかに見開かれ、さらにミッシエルが腕にしがみついている相手に目をとめて、ますます大きく開かれた。

明らかにショックを受けているケヴィンの表情を見ても、ミッシェルは満足感など覚えなかった。ただみじめさが怒濤《どとう》のように押し寄せてくるだけだ。

復讐《ふくしゅう》は甘くほろ苦い味がすると言うけれど、彼女の場合、甘さはほとんどなく、苦さだけが感じられた。

オルガンの音がいっそう大きく響き、《結婚行進曲》を奏ではじめた。ケヴィンの驚きを浮かべた瞳も、再び中央通路に向けられる。その先には彼の美しいブロンドの花嫁がいて、夢のようなレースとチュールをなびかせながら彼の方へと進んでいく。ケヴィンは花嫁にほほえみかけた。君だけのためだと言わんばかりの、温かく親密なほほえみ。かつてはミッシェルも、その笑顔を見るたびに体から力が抜けそうになったものだった。

花嫁がほほえみ返すのを見て、ミッシェルは指がくいこむほど強くタイラーの腕をつかんだ。ケヴィンはもう二度と私にあんなふうにほほえみかけることはない。彼がほかの女性を一生愛し、慈しむと誓うのを、どうしたら聞いていられるだろう？　二人の結婚が祝福され、花婿が花嫁にキスするさまを、どうしたら直視できるというのだろう？

「出ようか？」タイラーがささやいた。

ミッシェルの心は揺らいだ。けれど、今ここを出れば、逃げることになる。ケヴィンのことでは、もう十分すぎるほど長く臆病《おくびょう》者になっていた。

「いいえ」ミッシェルはきっぱりと言った。「大丈夫」

そして、彼女は持ちこたえた。

不思議なことに、時間がたつにつれて楽になった。たぶん、まるで自分を凍結させたように、すべての感情を排し、すべての動きをとめていたおかげだろう。ケヴィンが花嫁にキスをしたときも、ミッシェルは身じろぎ一つしなかった。参列者たちが信徒席を立ち、幸せいっぱいのカップルに続いて教会の外へ出るころには、感覚がすっかり麻痺《まひ》していた。

「そろそろ行こうか」タイラーがミッシェルのわき

腹を軽くつついた。

「あ……」ミッシェルは今にもひび割れそうな笑顔で立ちあがろうとした。だが、脚がゼリーのようになっていて力が入らない。すると、とっさにタイラーの力強い手が彼女の肘を支えた。ミッシェルはかすかにうるんだ瞳を彼に向けた。「ありがとう」喉からしぼり出すように言う。「忘れないわ、今日こうしてそばについていてくれたこと。あなたは本当にいい友達だわ、タイラー」

タイラーはなにも言わず、ただ笑顔でミッシェルの腕をぽんぽんとたたいただけだった。

教会の外へ出ると、降りそそぐ太陽が二人を出迎えた。新郎新婦や参列者たちは美しい庭で写真撮影に熱中している。

「披露宴はどうする？」タイラーはミッシェルを支え、古い石の階段を下りながら言った。「まだ行く気力はあるかい？」

「ええ」ミッシェルはきっぱりと答えた。

「よし。それじゃ、あのろくでなしをもう少しばかり震えあがらせてやろう」

階段の下でミッシェルは足をとめ、タイラーを見あげた。「なんだかケヴィンのことを心底嫌っているみたい」

「そうだよ」タイラーは言った。その瞳は、これまで見たことがないほど冷たく険しかった。

「でも、なぜ？　彼があなたにそんなにひどいことをした？」

「あの男は他人を利用するんだ。そういうやつは許せない」

「あら、タイラー」

ミッシェルの背後から女性の声がした。振り返ってその声の主を見たとたん気持ちが沈んだ。タイラーの妹のクリオだ。シルバーグレーのドレススーツを着こなした姿には、百万ドルの値札がついているかに見える。

　金髪にブルーの瞳のその美貌は、タイラーをそのまま女性にしたかのようだった。クリオは彼のただ一人のきょうだいで、年はたしか、二つか三つ離れている。今も独身のはずだ。ミッシェルはこれまで、タイラーのパーティで何度かクリオと顔を合わせたことがあったが、理由はわからないながらも、どうも彼女には好かれていないという印象があった。

「やあ」タイラーが応《こた》えた。「おまえにここで会うとはね。ケヴィンとそんなに親しかったとは知らなかった」

「花嫁のほうに招待されたのよ。ダニーとは同級生だったの」クリオはそう説明すると、アイスブルーの瞳をミッシェルに向けた。「こんにちは、ミッシェル。あなたが来てることこそ驚きだわ。お兄様が連れてきたの？」

　明らかに非難しているようなその口調に、ミッシェルはむっとした。彼女の肘をつかむタイラーの手に力がこもったことから察するに、彼も不快感を抱いたようだ。「連れてきては困ることでもあるのかい？」タイラーは険しい口調で尋ねた。

「ケヴィンの元恋人が結婚式にやってくるなんて、ダニーとしてはあまりうれしくないんじゃないかと思って」

「なにばかなことを言いだすんだ。ミッシェルは招待されているんだぞ。ケヴィンとは何カ月も前に別れたんだ」

　クリオの非難がましい表情も消えないうちに、当の花婿が三人のもとにやってきた。

　ケヴィンはミッシェルとタイラーの間に割りこむようにして入り、二人と腕を組んだかと思うと、満面の笑みを浮かべた。「これはこれは、大学時代の親友が二人そろって僕の生涯の契りを見に来てくれるとはね！」厚かましくもケヴィンは言った。「君には忘れられたかと思ったよ、ミッシェル。招待状の返事をくれないなんて意地悪だな。まさか、タイラーと現れるとは思わなかった。だけど、君のその姿に免じて許すよ。今日はなんてゴージャスなんだ。しかし、タイラー、君のほうは許すわけにはいかないぞ。よくもこの間の僕の独身さよならパーティをすっぽかしてくれたな。せっかくのお楽しみがあったのに、逃すなんて。まあ、あの晩君がかわりにやってたことに、それだけの価値があればいいけど。いや、君が会ってた女と言うべきかな？」そう言うと、意味深長な笑みを浮かべてタイラーをこづいた。

　ミッシェルには初耳だった。タイラーは独身さよならパーティのことなど一言も言っていなかった。

「それは間違いないよ」タイラーはにこやかに言った。「あの晩はミッシェルと踊りに出かけていたんだ」そして彼はほほえんだ。温かくセクシーな、まばゆいばかりの笑みに、ミッシェルはノックアウトされた。カウント6までぼうっとしていたところでようやく、つき合っていることにしようという取り決めを思い出した。

　ケヴィンのから元気もここまでだった。タイラーの妹はひたすらミッシェルをにらみつけている。

「つまり、ミッシェルとつき合ってるってこと？」

　クリオが兄に向かって問いただした。

「ああ」タイラーが冷めた口調で言い返す。「なにか問題でも？」

　クリオは他人の前で言ってはいけないことを口走りそうになり、かろうじてこらえた。それは、はたで見ているミッシェルにもわかった。「いいえ」彼女は硬い口調で答えた。「もちろん、問題なんてないわ。ただちょっと驚いただけよ。まったくの初耳だったから」

「かなり最近のことなんだよ。そうだね、ミッシェル？」

「あ……ええ」ミッシェルはうなずき、罪悪感を顔に出すまいと努めた。だが、彼女は根っから演技の才能に欠けていた。一方、タイラーの演技にはなかなか説得力がある。大学時代、グループで制作したビデオで主役を務めたときもすばらしい出来栄えだった。これだけルックスもよければ、おそらく映画界に入っても成功しただろう。

「その点については、君に感謝しないとな、ケヴィン」タイラーはうれしそうに続けた。「君がミッシェルと別れなかったら、彼女は僕とデートなんてしてくれなかった。そして僕は、彼女がどれほどすばらしい女性か知ることもなかった。これまでずっと彼女のことを見てきたつもりだけど、友達と恋人は違うからね。ミッシェルのほうもきっとそう思ってるはずだ。そうだね、ダーリン、僕と本当の意味で親しくなった今では、昔みたいに一緒にいていらいらすることもないだろう？」

ミッシェルはなんとかひるむまいとした。悪ふざけはタイラーの悪い癖だ。私をダーリンと呼び、二人が肉体的にも親密であることをほのめかすなんて！　それでも、ショックと嫉妬《しっと》が入りまじったケヴィンの表情はなかなかの見ものだった。復讐の味とは、やはり甘いものなのかもしれない……。

「まあ、ときどきは」ミッシェルはつぶやくように答えた。

「ほらね？　昔は四六時中いらだたせていたんだ。あ、ケヴィン、花嫁がさがしに来たみたいだぞ。行ったほうがよさそうだ。もう尻に敷かれているとはね。気の毒に、一晩中騒いではめをはずすなんてこともう、できないんだな」

渋い顔のケヴィンが花嫁に引きずられるようにして行ってしまうと、今度はクリオに対処しなければならなくなった。

タイラーはミッシェルの腰に腕をまわして引き寄

せながら、妹にほほえみかけた。「ほら、万事うまくいってるだろう？　なにも心配することなんてないんだ」

　クリオが哀れむような笑みを返した。「まだ日が浅いようだものね。まあ、いちおう、またお会いしましょうと言っておくわ、ミッシェル。それじゃ、失礼」そして、彼女は立ち去った。

　ミッシェルにはクリオの捨てぜりふが気になった。

「あれ、どういう意味？」

「別になんでもないさ。世の妹たちにはよくあることだよ。兄のことはなんでも知ってると思っているが、実はなにもわかってはいない」

「どうやら私にもわかっていないみたい」

「クリオは僕らの話を信じたんだ。本当につき合っているってことをね。だから、そのうち僕が君を我が家のディナーにでも招待すると思ったんだろう」

「いつまでたってもそうしなかったら、クリオに説明しなくちゃならないわね」

「そのときになったら考えるさ」

「それ、あなたの人生の座右の銘でしょう？　その日その日を楽しんで、なに一つ悩んだりしない」

「必ずしもそういうわけじゃない。だからって悩んでみたところで、なにも解決しない。必要なのは建設的な行動だ。さて、さっきよりは気分がよくなったかい？」

「ええ……そうみたい」憂鬱《ゆううつ》な気分がすっかり消えているのに、ミッシェルは自分でも驚いた。

「それじゃ、披露宴に出る気力もあるかな？」

「たぶんね。カクテルの二、三杯でも飲めば」

「酔いでごまかしても問題は解決しないよ」

「そうかもしれないけど、いくらか物事が明るく見えるものよ」

「君をかついで階段をのぼるような事態にならなければいいけどな」

「私をエスコートしてくれるって約束したのよ。本当の恋人のふりをするって言いだしたのもあなたじゃないの。責任はちゃんと取ってもらいますからね」

「責任っていうのは、今夜泥酔した君のドレスを脱がせてベッドに寝かしつけるってことかい？」タイラーのブルーの瞳はいたずらっぽく輝き、再びミッシェルのドレスを眺めまわしている。「うーん……それはつらい任務だな」

　からかわれているだけだとわかっていても、ミッシェルは頬がほてりだすのをどうすることもできなかった。まったく、ルシールがいけないのよ。あんなみだらな考えを吹きこんだりするから！

「いいから、ばかなことを言ってないで、さっさと披露宴に連れていって」頬の赤みに気づかれる前にと、ミッシェルはぶっきらぼうに言った。

5

　披露宴は、モスマンにある壮麗な古い邸宅で行われた。個人の住まいだったものが十年前に改修され、今では数々の催し物に利用されている。上流階級の結婚披露宴には格好の舞台だ。二階建ての石造りの建物の正面には広々としたバルコニーがあり、優美な透かし模様の手すりで飾られている。前には半ヘクタールにも及ぶ広々とした芝生の庭が広がり、裏庭はゆうに百台を収容できる駐車場となっている。

　タイラーは新車のホンダ・レジェンドを紺のメルセデスの隣にすべりこませた。

「バッグを持っていったほうがいいかしら？」ミッシェルは言った。

「置いていけばいい。櫛《くし》が必要になったら僕のを貸してあげるよ」

「頼もしいこと」

　駐車場の込み具合から見て、招待客はすでにほとんど到着しているようだ。タイラーはどうも気のりがしないらしく、ふだんの彼らしからぬゆっくりしたスピードで車を走らせていた。ミッシェルと腕を組み、邸宅の玄関に向かうときも、タイラーにはどこか観念したような雰囲気が漂っていた。

　しかし、その心情がいかなるものであろうと、石造りの階段をのぼり、両開きのドアへ歩いていく二人の足取りはしっかりしていた。ドアのわきに立つ制服姿のスタッフが、『風と共に去りぬ』を思い出させる半円形の階段を示す。階段に向かう途中、ミッシェルは廊下の左側にしつらえられた細長いテーブルに目をとめた。テーブルの上には豪華なラッピングをほどこした結婚祝いの品物が山と積まれている。状況はともかく、新婚カップルにプレゼントの一つも用意してこなかったことがうしろめたく思えた。

「大丈夫だよ」タイラーはミッシェルを赤い絨毯《じゅうたん》の敷かれた階段へ引っぱっていった。「秘書にそれなりの値段のものを送らせておいたから」

　ミッシェルは足をとめ、唖然《あぜん》としてタイラーを見あげた。「私が考えていることがどうしてわかったの？」

「君の考えていることくらいいつだってわかるさ」タイラーは冷ややかに答えた。「君には、思っていることすべてを目に表してしまうという困った癖がある。そのせいで僕がいつも君をいらだたせていることまで、しっかり伝わってくるんだ。率直なところ、ミッシェル、このまま広告業界でやっていこうと思うなら、もう少しごまかすすべを学んだほうがいい」

「嘘《うそ》をつけってこと？」

「いや、必ずしも嘘ってわけじゃない。実害のない程度にふりをしろってことさ。この世の中は、正直すぎる者にとって、ともすれば過酷にできているんだよ」

「私がケヴィンに利用されたように？」

「そのとおり。今日はやつに最後の別れを告げに来たんだから、相手にもはっきりそう思わせてやったほうがいい。そうでないと、結婚していようがしていまいが、やつはまた、ある日突然、君の家の戸口に現れることになる」

「冗談じゃないわ！」

「もしやつが君の前にひれ伏して、〝妻は僕のことを理解してくれていない。本当に愛しているのはやっぱり君だけだ〟と言ったらどうする？」

「そ、それは……」

「僕はちゃんと自分ってものを持っている女性が好きだな」

タイラーの皮肉めいた口調が、ミッシェルの怒りに火をつけた。「あなたはだれも本気で愛したことがないから、そんなことを簡単に言えるのよ。私がケヴィンを愛してきたように、一人の相手をずっと愛しつづける気持ちなんて、あなたにわかるわけないじゃないの！」

「僕にだって想像くらいはできるよ」

「無理よ。あなたになんか想像もつかない。でも、さっきの質問にはちゃんと答えるわ。あれからじっくり考えてみて、今後彼とはいっさいかかわらないって決めたの。ケヴィンはもうほかの女性のものだし、私は……私自身以外、だれのものでもないんだから！」ミッシェルは顎を上げた。「彼に関しては、ずっとばかなことをしてきたってわかってるわ。だから、いちいち思い出させないでくれない？　もう絶対にケヴィンになんかだまされないわ。それだけははっきり約束できるから」

決意に輝くミッシェルの瞳を、タイラーは永遠とも思えるほど長い間、じっと見つめた。まるで彼女が泣き崩れるのを待っているかのようだ。それでもミッシェルが毅然《きぜん》としていると、彼はふいに身をかがめ、考えうる限り最もやさしい、繊細なキスをした。

タイラーの唇の下でミッシェルの唇は震え、心臓が引っくり返らんばかりに大きく打ちだした。

「今のはなに？」彼女は思わず問いただした。

タイラーは肩をすくめた。「君らしさを取り戻してくれたことに、さ」

ミッシェルは感動すると同時に混乱していた。突然、タイラーにもう一度キスをしてほしくなった。こういうやさしいキスではない。同情ではなくて、熱情の感じられる激しいキスが欲しかった。むさぼるように唇を求め合って、この胸の痛みを消し去ってほしかった。女として欠陥品ではないことを示してほしかった。たとえいっときだけでもいいから、彼にとって美しくてセクシーな存在だと思わせてほしかった。

ああ、私は頭がおかしくなってしまったの？

そこで急にタイラーの腕がミッシェルの腰にまわされ、しっかりと抱き寄せた。ミッシェルは驚きのあまり抵抗することもできず、彼を見あげていた。タイラーには私の心が読めるの？　ぼうっとした頭で考える。まさか、またキスをするつもりでは……。

タイラーのもう一方の手が髪の中にすべりこみ、うなじを支えると、ミッシェルの全細胞は緊張した。そんな、本当にもう一度キスをするつもりだわ！

「ケヴィンと花嫁が今玄関から入ってきた」唇をゆっくりと近づけながら、タイラーが言った。「君がケヴィンとの関係から立ち直ったとあの男にわからせてやるには、キスをしているところを見せるのが一番だ。本気でキスしてみてくれ、ダーリン」

ミッシェルの心は怒りととまどいの間で千々に乱れた。これも作戦の一つだと、さっさと気づくべきだった。だが、そのとき、タイラーの唇が彼女の唇をとらえ、みじめな思いは霧のように消え去っていった。今、感じられるのはタイラーの唇の感触だけ。彼はまるで、一年間砂漠で迷いつづけた者が冷たく清い泉をようやくさがし当てたかのように唇を求めてきた。まず一口二口軽く含んだかと思うと、次に渇きをいっきに癒《いや》そうと激しくむさぼる。舌は彼女の唇を開かせ、その泉の奥まで分け入ろうとしていた。

　口がふさがれていなかったら、ミッシェルはおそらく声をあげていただろう。けれど、タイラーの舌に阻まれ、彼女はすべてを明け渡すかのようなうめきをもらした。

　タイラーの情熱は単なる演技なのだと、ミッシェルは自分に言い聞かせた。だが、彼の指はうっとりするほどやさしく彼女のうなじを撫《な》でている。ミッシェルは思わず、みだらなまでの激しさでキスを返していた。だめよ、こんなふうに感じるなんて間違っている。まだケヴィンのことを愛しているはずなのに……。タイラーの指が彼女の腰のくびれに当てられ、ぐっと引き寄せても、ミッシェルはあらがおうともせず、男らしい力強い体が押しつけられる感覚にひたっていた。彼のジャケットのボタンが痛いほど胸にくいこんできても、気にもとめなかった。彼のベルトのバックルが腹部に押し当てられても……。

　ミッシェルはショックに背筋を震わせた。押し当てられている硬いものはベルトのバックルなどではなかった。

　ふいにタイラーの唇が引き離された。二人の唇は離れる瞬間、衝撃的なほど大きな音をたてた。

「ほらごらんなさい、ダーリン」近くでダニーの声がした。「ミッシェルのことはもう心配ないって言ったじゃないの。見たところ、もうとっくに失恋の痛手から立ち直ってるみたいだわ」

　ミッシェルはぼんやりしたまなざしをケヴィンに向けた。彼は信じられないと言いたげな顔でこちらを凝視している。

「そのとおりだよ、ダニー」タイラーが余裕たっぷりに言った。「そうでなければ、ミッシェルはベティ・デイヴィス以来の名女優ってことになる」

「ミッシェルは、たとえ身の危険にさらされたって演技なんかできる女じゃない」ケヴィンが吐き捨てるように言った。

「へえ、そうかい？」タイラーが言い返す。「それを聞いて安心した」

「おいで、ダニー」ケヴィンは花嫁の手を取った。「階上《うえ》でカメラマンが待っている。バルコニーで写真を撮るそうだ。それじゃ、お二人さん、またあとで」彼は無理に作ったような笑みを二人に向けた。

「そうなのか？」新郎新婦の姿が見えなくなると、タイラーが尋ねた。

　あんなふうにキスを返してしまったあとで、ミッシェルはとても彼の顔をまともに見ることなどできなかった。「そうなのかって……なにが？」

「君の演技力についてさ」

　タイラーはいったいどんな答えを期待しているのだろう？　彼自身、とまどったような表情でじっと見つめているので、ミッシェルの動揺はなおさら増した。

　タイラーがとまどっているのは、私が夢中でキスを返したから？　それとも、彼自身の体があんなふうに反応してしまったから？

　ミッシェルは混乱の中で、正しいのは後者だと決めつけた。そう思ったとたん、無性に腹が立ってきた。

「あなたが本気でキスしろって言ったんじゃないの」ミッシェルはくってかかった。「ごまかすことを覚えろって言ったのはあなたよ。だから、そのとおりにしたまででしょ！　だからもうばかなことをきくのはやめて。いくらあなたがちょっとしたことでその気になってしまうような色情狂でも、それは私の責任じゃありませんから」

「たった今君がしていたのは、ちょっとしたことなんかじゃないと思うがね」タイラーは冷ややかに言い返した。「君はキスの達人だ、ミッシェル。もしこれが君のベッドでの能力の一端を示すものだとしたら、なぜケヴィンが何度も舞い戻ってきたのかわかるような気がするよ」

「私がそれほどベッドで魅力的だったら、そもそもどうして彼は私を捨てたりしたのよ？」

「まだ気づかないのかい？」

「ええ、気づかないわ。あなたみたいになんでもよくわかってるわけじゃないから！」

「金銭的な面はともかくとしても、やつはどうしても太刀打ちできなかったんだよ」

「だれに？」

「君にさ、ダーリン。さあ、階上に行ってさっさと過去の亡霊を断ち切ろう。僕はかなり飽きてきた」

「あなただけじゃないわよ」ミッシェルはつぶやくように言い、腕を取ろうとするタイラーの手を振り払った。「どうしてそうやってすぐ触れようとするの？　ご心配いただかなくても、一人でちゃんと階段くらいのぼれるわ。悪いのは頭で、足じゃないんだから！」

「いいか、僕はそんなこと言ってないからな。自分で言ったんだからな」

「今さら言う必要はないでしょう。今まで何年も、私のことをばかだってさんざん言ってきたんだから。

それ見たことかって言ったらどう？　あなたが正しかったって認めてるのよ。これですっきりした？」

「ああ、とっても」タイラーはにっこりしてミッシェルを見た。

ミッシェルは笑みを返す気分ではなかったが、仕方なく軽くほほえんだ。本当に意地悪だ。そのくせ魅力やセックスアピールは人一倍ある。女性たちが競ってその腕に飛びこみたがるのも無理はない。私だってもう少しであの見せかけのキスにめろめろになってしまうところだった。

それにしても、あのとき腹部に押し当てられたのは見せかけなどではなかった……。

だからって、それに深い意味があるわけじゃないわ。ミッシェルは腹立たしげに心の中でつぶやいた。男なんてものは、足首から静物画の果物に至るまで、なにを見たって欲情することが歴史的にも証明されているのよ。現実の濃厚なキスに刺激されたところで、別に不思議はないじゃないの。それが、タイラーが私のことを前よりセクシーだと思っている証拠にはならないんだから。

私自身の反応については……あれはただ、ルシールも言っていたように、精神的に不安定になっていたせいよ。女として拒絶された痛手によるものだわ。自分が男性に求められていると思いたい――その欲求に一瞬負けてしまっただけなのよ。なにもおおげさに騒ぎたてるほどのことじゃないわ。タイラーだって別になんとも思っていないはずよ。

「やっぱり少し手を貸してもらったほうがよさそうだわ」少し冷静になったところでミッシェルは言い、右手でドレスの裾《すそ》を持ちあげながら左手をタイラーの肘にかけた。「ぴったりしたロングスカートとこのサンダルで階段を上がるのは、ちょっと大変そうだもの」

「喜んでお手伝いさせていただきます、マダム」

「へりくだったまねはやめて。あなたには似合わないわよ」

タイラーは声をあげて笑った。ミッシェルもつられてつい一緒に笑った。

階段をのぼりきると広々とした廊下があり、正面のバルコニーへと続いていた。話し声やグラスの音を頼りに進むと、左手に広い部屋があり、中は食前酒とオードブルを楽しむ人々でにぎわっていた。

高価な服で着飾った人が一箇所にこれほど集まっているのを見るのは初めてだと、ミッシェルは思った。

部屋に入ると、男性たちの目がいっせいに彼女に集まった。「僕のそばから離れるなよ」タイラーが言った。「披露宴が終わるまで群がる蠅《はえ》を追い払っていたいんなら、話は別だけどね。しかもこの場合、かなり大きな蠅だ」

ミッシェルはくすくす笑ったが、すぐにその意味がわかった。それから一時間あまり、驚くほどの数の一見人当たりのいい女たらしたちが言葉巧みに二人に近づいてきては、あの手この手でミッシェルをタイラーから引き離そうとした。

しかし、そんな彼らもタイラーを追いかける女性たちに比べればまだ品のいいものだ。女性たちは恥も外聞もかなぐり捨て、猛然と迫ってくる。ミッシエルは、いつも彼が背負っている苦労の一端を垣間見た気がした。

ミッシェルはタイラーの腕にしがみつき、化粧室にも絶対に行くまいという気構えでいたが、シャンパンカクテルを数杯飲んだところで、どうしても行かないわけにはいかなくなった。やむをえず離れた瞬間、吸血蝙蝠《こうもり》のような女たちの大群がタイラーに飛びかかるのを承知の上で、大急ぎで化粧室に向かった。

しかし、しばらくして戻ってくると、タイラーはさっきと同じ場所にいた。そばにいる女性は一人だけ、しかもそれは妹のクリオだった。

その表情から見て、二人の間に険悪な雰囲気が漂っているのは遠目にも明らかだった。だが、ミッシェルが近くに来た瞬間、それまで機関銃のように話していたクリオは口をつぐみ、待たせていたボーイフレンドの方へ足早に去っていった。

「私のことで喧嘩《けんか》していたんでしょう？」ミッシェルは言った。「クリオは私たちがつき合っていることが気に入らないのね」

タイラーの顎がこわばった。「まあ、そんなところだ」

ミッシェルは眉根を寄せた。「どうも前から好かれていないみたいね。話してあげたほうがいいんじゃないかしら。今日だけそのふりをしているんだって。彼女だって女だもの、プライドとかそういうことはわかってくれるわ」

「僕は自分の行動をいちいちクリオに説明するつもりはないよ」タイラーは相変わらず不機嫌そうに言った。「僕が君となにをしようと、妹には関係ないことだ」

「だけど、タイラー、クリオはあなたの妹なのよ。あなたのことを愛しているから心配してるんじゃないの。愛するきょうだいがいない私にだって、見ればわかるわ」

タイラーが驚いたような顔をした。「お兄さんたちのことは愛していないのかい？」

ミッシェルはため息をついた。実家には二人の兄がいて、父と一緒に暮らしている。三人そろうとまるで三銃士だ。いずれもたくましさが売り物の肉体労働者で、いつも大声でどなり散らし、ふんぞり返って歩きまわっている。ビールとサッカーとたまに遊び相手の女性がいれば、ほかにはなにもいらない。彼らが女性を必要とするのはセックスの対象としてだけで、それゆえミッシェルの存在は三人にはなんの意味もなかった。

父が母と結婚したのは、母が長男のビルを妊娠したからに違いない。母がまだ生きていたころ、ミッシェルは父が母にやさしい言葉をかけたり愛情を示したりするところを一度も見たことがなかった。亡くなったあとは、母などもう存在しなかったも同然で、父はただ昔の生活に戻っただけだった。

いや、結婚していた間も、昔の生活から離れていたわけではない。父は常に遊び仲間の間では人気があり、その点ではビルもボブも父親ゆずりだった。

ミッシェルはタイラーの質問を軽くかわすことにした。家族のことなどあまり話したくはない。「そんなことは向こうが望んでいないとだけ言っておくわ。最初から私になんて関心がないのよ」

「どうして？」

「話せば長くなるわ。まあ、そのうち機会があったらね」

「約束だからな」その言葉にあまりに力がこもっていたので、ミッシェルは驚いてタイラーの顔を見た。それでも内心はうれしかった。ケヴィンは一度も家族について尋ねてくれなかった。ケヴィンにとって、家族はなんの意味もなさないのだ。

だが、ミッシェルにとって、家族には大きな意味があった。問題は、彼女のその気持ちが報われないということだった。

これほど長くケヴィンにしがみついていたのもそのせいかもしれないと、ミッシェルは思った。彼は私にとって家族のかわりだったのだ。ケヴィンのお世辞や甘い言葉に弱かったのも、おそらくそのためだろう。父や兄たちには、やさしい言葉なんてかけてもらったことがない。

「君は本当に複雑な人間だな」タイラーが考えこむように言った。

ミッシェルは力なくほほえんだ。「あなたとは違ってと言いたいの？」

「僕はこれでも見た目よりはずっと複雑な人間なんだ。まあいいや、その話も長くなるから」タイラーは同じように力なくほほえみ返した。

「話してよ」

「そのうち気が向いたらね。でも、今はあっちのダイニングルームに移って席につかないと。そろそろ披露宴が始まるようだ」

タイラーの妹と同じテーブルになるとはどこまでついていないのかと、ミッシェルは絶望的な気持ちになった。しかもミッシェルに指定された席の隣は、さっきからとくにしつこく言い寄っている男性だ。すると、タイラーがとっさにミッシェルの席のほうに腰を下ろし、彼女をはるかに無害な男性の隣にしてくれた。彼女は思わずタイラーにキスをしたくなるほどうれしかった。


それでも、披露宴の二時間はやはりつらかった。食欲もないのになんとか食べるふりをし、胸の悪くなるようなスピーチに耳を傾け、幸せな二人の未来のために乾杯しなければならないのだ。ミッシェルはそのすべてを、高価なシャルドネを浴びるほど飲んで乗り越えようとした。かつて人生のすべてだった男性が自分を捨て、ほかの女性と結婚しようが、たいしたことはないというふりをして。はたで見ている者はみんな、彼女がタイラーに夢中で、事あるごとに彼の耳元に愛の言葉をささやいていると思ったことだろう。

実際には、ミッシェルは見るもの聞くものすべてについて、考えうる限り最も辛辣《しんらつ》なコメントを吐いていた。デザートが運ばれてくるころにはすっかり酔っぱらい、美しく飾られたプロフィットロールを見ても味見してみる気すら起きなかった。しかし、幸いなことに、タイラーがやすやすと二人分平らげてくれた。

ミッシェルはすっかり焦点の合わなくなった目で感心したように彼を見た。

「あなたがつくづくうらやましいわ」よくまわらない舌で彼女は言った。「食べたいものはなんでも食べられるし、ものにしたい女性はだれだってものにできるんだから」

タイラーはゆっくりとフォークを皿に戻し、ミッシェルの方に顔を向けて、息のかかりそうな距離からまっすぐに見すえた。「本当にそうかな？」彼はなめらかな口調で言った。「だったら君のこともものにできるかい、もしその気になったら？」

これほど酔っていなかったら、ミッシェルは笑い飛ばしていたか、怒り狂っていただろう。

かわりにミッシェルは妖《あや》しげにほほえみ、人さし指をタイラーの唇に当てた。「たぶんね」彼女はささやいた。「でも、ケヴィンには内緒よ」

タイラーはただじっとミッシェルを見つめ、それからゆっくりと彼女の手を取ると、膝の上に戻させた。「君は酔ってる」彼は静かに言った。「だから今の発言は聞かなかったことにしよう。でも、今夜はこれ以上、僕に思わせぶりな態度は見せないでくれ、ミッシェル。そうでないと僕は、二人とも明日の朝になったら後悔するようなことをしてしまうかもしれない。さて、僕はちょっとトイレに行ってくるよ。その間、君はちゃんとコーヒーを飲んでおくように。そろそろダンスが始まる。大事な爪先に穴をあけられたくないからね」

タイラーは立ちあがり、大股に席を離れていった。あとに残されたミッシェルは自己嫌悪に陥り、これ以上の失態は演じまいと心に決めて、コーヒーを立て続けに二杯飲んだ。バンドの演奏が始まり、クリオと彼女の同伴者も含めて、テーブルのほかの面々がいっせいに踊りに行ってしまったのはせめてもの救いだった。

ふと見ると、突然ケヴィンがタイラーの席に座っていた。驚いたミッシェルは、危うくコーヒーをこぼすところだった。

「すぐに戻らないとならないから、急いで言うけど」ケヴィンは勝手に話しはじめた。「結婚について前もって話さなかったことで、ずいぶん君を傷つけてしまったのはわかっている。本当にすまなかった。最後に君と会ったときに言うつもりだったんだが、どうしてもできなかった。君がまだ僕のことを愛しているのは知っていたから、傷つくのを見るのに耐えられないと思ったんだ」

ケヴィンはまるで許しを請うかのように、さぐるようなまなざしでミッシェルを見た。彼女がなにも言わないでいると、ケヴィンはため息をついた。

「招待状はダニーが勝手に送ったんだよ。僕らの関係が終わっていることを確かめたかったんだろうな。正直なところ、僕は返事がこなくてほっとしていた。君がまだ僕を忘れ去っていないのはわかっていたからね。だから今日、君がタイラーと一緒にいるのを見たときは、本当にショックだったよ。それでこうして話しに来たってわけだ」ケヴィンはいかにも心配しているかのような表情を浮かべ、誠実そうな低い口調で言った。「タイラーとつき合っていると聞いて心配してるんだよ。やつは、ふつうの人が朝食を食べるくらいの頻度で女性を取り替える。長くてせいぜい数週間、しかもどの女性もモデル並みの美人ばかり。率直に言って、彼が君とデートをする気になったなんて意外なんだ。考えられる可能性としては、君がいかにも落としにくそうだったからってことだな。君はほかの女性たちみたいに、タイラーにまつわりついたりはしなかったから……まあ、今まではね」彼は苦々しげにつけ加えた。「君はもう少し利口な女だと思っていたよ。確かにタイラーはベッドじゃ最高だろうが、間違ってもあの男を相手にロマンチックな夢は見ないほうがいい。タイラーみたいな男は、君なんかとは結婚しない。結婚するとなったら、自分のステータスを象徴するトロフィーのような女性を選ぶんだ。正統派の美人で、見栄えのするスタイルと――」

「言いたいことはわかったわ、ケヴィン」ミッシェルは険しい口調でさえぎった。「私は昔みたいにばかじゃないのよ。タイラーがどんな男か、ちゃんとわかってるわ。ついでに言えば、あなたがどういう男かも、もうわかってるの。だからさっさと金持ちでいやみな奥さんのところに戻ったら？　あなたの顔なんて、金輪際見たくないわ」

　ケヴィンは目を細め、いぶかしげにミッシェルを見た。「なるほどな。そうやって怒ってるのを見て、やっとわかったよ。君は僕に対する面当てにタイラーと寝たんだ。だから今日もこうして一緒に現れた。僕への当てつけにね！」

　ミッシェルは否定しようと口を開きかけたが、なんと言ったらいいのかわからなかった。

「まあ、せいぜい幸運を祈ってるよ」ケヴィンは吐き捨てるように言って、立ちあがった。「君が頼れるのは、運だけだろうからな」

　ミッシェルは青ざめたまま、新郎新婦の席に戻るケヴィンを見送り、彼がそこで花嫁に長く熱いキスをするのを眺めていた。

「なんの話だ？」

　はっとして振り返ると、そこにはタイラーが立っていた。

「なんでもないわ」ミッシェルはかすれた声で言った。

「なんでもないわりにはずいぶん動揺しているようだな。さあ、もうこんなところはたくさんだ。家に送っていくよ」

ミッシェルは抵抗もせず、タイラーに引っぱりあげられるようにして立ちあがった。二人はだれにも一言も告げずに会場を出た。階段を下りながら、ミッシェルは涙がこみあげてくるのを感じた。

「あんなやつ、大嫌い」タイラーの車に着くと、ミッシェルははなをすすりながら言った。

「けっこうなことだ」タイラーは言い、助手席側のドアを開けた。「グローブボックスにティッシュが入ってる。必要になるんじゃないかと思って、用意しておいたんだ」

「あ、あなたって、わ、私にはもったいないほどの友達だわ」

「たぶんね」タイラーはうなずいた。「でも、こうしてかかわってしまったんだから仕方ないさ。さあ、ちゃんとシートベルトを締めて」

ミッシェルははなをかむ手をとめ、はっとして彼の方を見た。「それほど飲んでないわよね?」

「口をつけることもできなかったよ。君に全部取られてしまったからね」

「私、そんなに飲んでないわ」

「お嬢さん、君は完全に酔っている。僕がもし悪い考えを起こしたら、簡単に餌食《えじき》になるぞ」

タイラーの言葉は、コーヒーよりはるかに効果的な酔いざましになった。またいつものいらだちがこみあげてくる。「だったら私たち、心配することなんてないんじゃないの? 私を相手にあなたが悪い考えなんて起こすはずないもの。どうせ翌朝には後悔することになるんでしょ?」

「明日の朝だけだよ。別の機会なら、翌朝後悔することにはならない」

「え?」

「僕は確かにその道にかけては評判だけど、失恋して、しかも酔っている女性を誘惑するほどひどくはない」

「私、別に失恋なんかしていないもの」ミッシェルはきっぱりと言いきった。考えるだけでも気分が悪くなる。タイラーの言葉は正しかった。あんなくだらない男を長い間愛しつづけるなんて、相当なマゾヒストだ。

「ああ、そうだった」

「それに酔ってもいないわ」まあ、この点には自信はないけれど……。

「へえ、そうかい？」

「だから、あなたに悪い考えを起こしてほしいの」自分がそう言うのが聞こえた。そして、その愚かさに輪をかけるように、ミッシェルは言い添えた。

「別の機会じゃなくて、今夜！」

6

その言葉が口から出た瞬間、ミッシェルは後悔した。

私のことを求めてもいない男性に抱いてほしいと頼むなんて、どこまで自分をおとしめたら気がすむの？ これもみんなルシールのせいよ。変な考えを吹きこむから！

いいえ、これはみんなタイラーのせいだわ。こんなにハンサムでセクシーだなんて間違ってる！

そしてもちろん、ミッシェルは酔っていた。その事実は疑いようもない。

そこで、ついに勇気を振りしぼってタイラーの方を見た。まるでミッシェルに角でも生えたかのように、彼は唖然《あぜん》とした表情で彼女を見つめていた。

「ごめんなさい」ミッシェルはつぶやいた。「気を悪くさせるつもりはなかったのよ。あなたの言うとおりね、すっかり酔ってるわ。自分の言ってることもわからないんだもの」

タイラーは首を横に振った。「君が本当に酔ってると思ったら、僕は……僕は……」

「僕は、なんなの？」いつになく言葉につまっているタイラーを、ミッシェルは促した。

タイラーはいらだったように唇を引き結んだ。

「あとで話し合おう。君の酔いがもう少しさめたら」

「あとで？」ミッシェルは甲高い声をあげた。「あとでって、一緒に部屋まで上がってくるつもり？」

「上がってはいけない理由でもあるのかい？　まだ十時半だし……それに、いくら君がホルモン過剰でも、いきなり僕に襲いかかって服を引きはがしたりはしないだろう？」

「あ……たぶん」それもなかなかに魅力的なアイデアに思えてくる。おそらく自分で思っている以上に酔っているのだろう。

「そのようすじゃ、君がちゃんとベッドに入るのを見届けるまで帰るわけにはいかないからね」

ミッシェルは目を閉じ、神に祈った。妄想はさらに過激になっている。

「気分が悪いのかい？」

ミッシェルはぱっと目を開けた。「いいえ」全身のほてりと、頭の中で繰り広げられているR指定映画ばりの映像が消え去ってくれるのなら、むしろ気分が悪くなってくれたほうがいい。

「もし途中で気分が悪くなったら、すぐに言ってくれよ。酔っぱらいの扱いには慣れてるから」

「ええ。いいから、とにかく運転して」

言ったとおりタイラーが黙って運転してくれたので、ミッシェルはひとまず安心した。もう彼と話したくなかった。彼の方を見たくなかった。彼を求めたくなかった。

ミッシェルはうめきながらシートに頭をもたせかけ、目を閉じた。なんとか理性を取り戻し、過激な衝動は妄想の世界にとどめておくよう、自分に言い聞かせる。そうよ、タイラーは妄想なのよ。とても刺激的だけれど、現実にあってはならない妄想なのよ。

家までの道のりはあまりにも短かった。タイラーが地下の駐車場に車を入れたとき、ミッシェルはまだ酔いがさめてもいなければ、落ち着きを取り戻してもいなかった。彼に言われてあわててカードキイを取り出し、駐車場の防犯扉を通って二階まで階段を上がった。タイラーはそこでも彼女の肘を取ろうとした。ミッシェルは、今回は騒ぎたてないように自分を抑えた。突如として、驚くほど彼の手の感触に敏感になっていた。そのてのひらの熱や、あまりにも近すぎる距離を、どうしようもないほど意識しはじめている。

玄関のドアを開けて中に入るころには、とにかくタイラーのそばから離れたい気持ちでいっぱいだった。ミッシェルはとりあえず最初に頭に浮かんだ言い訳に飛びついた。「シャワーを浴びてきていいかしら？　この服、窮屈でたまらないの」

「行っておいで」タイラーは平然として言った。

「勝手にコーヒーを飲ませてもらってかまわないかな？　さっき飲みそびれたんだ」

「どうぞご自由に。楽にしてて」ミッシェルはそう言うなりバスルームに飛びこんだ。

ドレスを脱ぎ、シャワーコーナーに飛びこんだところで、大変な過ちに気づいた。急ぐあまり、着替えを取ってくるのを忘れてしまったのだ。このバスルームは寝室についているのではなく、居間に面している。しかし、タイラーのいる居間にタオル一枚で出ていくわけにはいかない。

あわてて湯気の立ちこめたバスルームを見渡すと、ドアの近くのフックにタオル地のバスローブがかかっていた。ホテルにあるようなクリーム色のフリーサイズで、ケヴィンが使っていたものだ。彼が戻ってくる日のために洗濯してかけておいたのだ。

まったく、私ったらどこまでばかなのよ！

とはいえ、今はそのバスローブに救われた。厚みのある大きなバスローブにくるまれていれば、タイラーの前に出ても安心だ。

ミッシェルは明るい気分になって、シャワーの湯でメークを流した。セクシーな髪型も一瞬にして崩れ去る。十五分後、鏡に映った姿を見て、ミッシェルは満足した。こすりすぎて赤みをおびた素顔。肩にかかる濡《ぬ》れたまっすぐな髪。どう見ても、絶世の美女ばかりを見慣れたプレイボーイが好んで追いかけるような女ではない。

ミッシェルはタオルを手にバスルームを出ると、せっせと髪をふきながら、なにげないそぶりで居間に入っていった。タイラーはテレビをつけ、窓際の椅子にゆったりと座っている。その手には、間違いなく砂糖がたっぷり入っているはずのコーヒーのマグカップが握られていた。

タイラーはちらりと顔を上げたが、その表情はミッシェルと同じくらいそっけなかった。しかもそれは彼の本心なのだ。タイラーはふだんの彼に戻っていた。「気分はよくなった？」

「ええ、すっかり」ミッシェルはひそかに歯ぎしりした。このバスローブの下が裸だろうが、どうせ彼は気にもしていないのよ。「なにかおもしろい番組をやってる？」

「さあ。別に見てなかったから。ずっと考えていたんだ」

「なにを？」

「君を相手に悪い考えを起こすってことをさ。まだそうしてほしいかい？」

　ミッシェルの肺から一瞬にしてすべての空気が抜け、心臓が一時停止状態になった。

「なるほどね」タイラーはうなずいた。「その顔から察するに、酔いがさめたらもう助けはいらなくなったってわけだ」彼はマグカップを置いて立ちあがると、きれいに撫《な》でつけてあった髪をいらだったようにかきあげた。前髪が一房、額にかかる。それがかえって『グレート・ギャツビー』のイメージにぴったりで、華やかで粋《いき》な感じがした。

　ミッシェルは息をとめたまま、ただタイラーを見つめることしかできなかった。

「そんなことだろうと思ったよ。まあ、これでよかったのかもしれないな。もし君がイエスと言ったら、僕も自分を抑えきれる自信がない。いずれにしても、もう帰ったほうがよさそうだ。バスローブにくるまれた君はあまりにもおいしそうだからね。紳士のふりもこのあたりが限界だ。おやすみ、ミッシェル。近いうちにまた電話するよ。一緒にランチでも食べよう。そうでなければディナーでもね。そこまで行っておやすみのキスをするのはやめておくよ。今はとにかく物理的な距離を保つのが利口だ」

　タイラーは大股にドアに向かった。まるで〝完《かん》璧《ぺき》〟が二本脚で歩いているような姿で……。

　このまま彼を帰らせてもいいの？　あと数秒で、彼は出ていってしまう。濡れた髪の私を〝おいしそう〟と言ってくれたのに。ケヴィンはいつもこの姿を見ると、溺《おぼ》れかけた猫みたいだと言っていた。

「待って！」ミッシェルは声をあげた。

　タイラーが片足を出しかけたまま、とまった。

　彼女は息を吸い、いっきに続けた。「あ、あなたに帰ってほしくないの。ここにいてほしいの」

　タイラーはゆっくりと振り向いた。疑わしげな表情だ。「どういう意味だい？」

「どういう意味って……ここにいてほしいのよ」

「朝までってことかい？」

そこまでは考えていなかった。けれど、想像しただけで、頭がくらくらした。「ええ」そう答えるのが精いっぱいだった。

タイラーはいぶかしげに目を細めた。「僕は居間のソファで寝るってことじゃないね？」

「違うわ……」

「まだ酔ってるのか？」

「まさか！」

「だったらなぜ？」

「なぜ？」

「ああ、そうだよ。君がどうして僕とベッドをともにしたいのか、納得のいく理由を三つあげたら、そのとおりにしよう。あらかじめ言っておくが、そのうち一つでも今日のケヴィンの結婚式と関係があったら、僕はすぐにここから出ていくからな」

「そんなの無理だわ！　今、感じていることと今日起こったことをどうやって分けたらいいの？」

「やってみるんだ」

「ねえ、私だってあなたと同じくらい驚いているのよ」ミッシェルは思ったままを伝えた。「ただわかっているのは、あなたにキスされた瞬間から、もう一度抱き締めてもらいたくてたまらなくなってしまったってことだけ。もう一度キスしてほしいの。そして確かめてみたいのよ、あなたが……あなたが……」頬がかっと熱くなるのがわかる。

「続けて」タイラーはいやとは言わせない口調で言った。「本当のことを聞かせてくれ！」

「いいわ！」ミッシェルは噛《か》みつくように言った。「あなたがほかのことと同じくらいセックスが上手かどうか、確かめてみたいのよ！」

タイラーは仰天していた。それだけは、はた目にも確かだった。彼は大きく目を見開き、再び言葉を失っている。

　ミッシェルはこの機に乗じて、いっきに自分の疑問を解こうとした。「それじゃ、今度は私がきくけど、あなたはどうして私とベッドをともにしたいの？　今まで私のことを〝おいしそう〟なんて言ったことはなかったじゃないの。どうして今夜に限ってそうなのか、理由を三つあげてみてよ。もしそのうち一つでも今日のケヴィンの結婚式と関係があったら、あなたはすぐにここを出ていくことになるわ。この手で外にほうり出してあげるわよ！」

　タイラーの笑い声は、彼がショックから立ち直ったことを示していた。それでも、あまりうれしそうな声ではない。「なにを期待してるんだ、ミッシェル？　愛の告白か？」

「ばかを言わないで。私が聞きたいのは真実だけよ。だいいち、愛の告白なんてばかなもの、もう信じないわ」

「そうだろうな」

「それで？　ちゃんと答えられないの？　それとも、今日は〝ミッシェルの日〟で、私に親切にすることにしたってだけ？」

　タイラーはまた笑った。「いや、せっかくだが、だいぶ的はずれだな」

「だったら、なんなの？」

「いいだろう。僕が今夜君とベッドをともにしたいのは、ずっとそうしたいと思ってたからだよ。ずっと昔から……」タイラーは残酷なまでにもったいぶった足取りで近づいてくると、凍りついているミッシェルの手からヘアブラシを取り、わきにほうり出した。「君の服を脱がすことを考えていた」彼の手がバスローブの紐《ひも》を取り去る。「そして、体中に口づけすることを……」タイラーは低い声で続けながらバスローブの前を開き、はぎ取った。

バスローブが床に落ち、ミッシェルは身動きもできないまま全裸で立ち尽くしていた。息が浅く速くなる。タイラーの熱いまなざしが飢えたように全身を這《は》いまわるのを感じながら、まるで夢の中の出来事のような気がしていた。

　これは私の知っているタイラーなの？　私のことをずっと求めながら、ケヴィンを忘れ去るまで待っていたっていうの？　とても信じられない。

　唯一考えられる可能性は、さっきケヴィンが言っていたように、私が彼に興味を示さず、落としにくそうだったからということだ。そして今、タイラーは、その難攻不落の女を落とそうと決意した……。

　それならわかる。タイラーは負けず嫌いの性格だ。

「だけど、なによりしたかったのはこれだ」タイラーはうなるように言うと、裸のミッシェルを楽々と抱きあげ、開いた寝室のドアへ向かった。

7

　ミッシェルの寝室は大きなクローゼットを備えながらも、十分な広さがあった。中央にクイーンサイズの真鍮《しんちゆう》製のベッドが置かれているが、まだゆとりがある。

　もっとも、ほかにはたいした家具もなかった。クリーム色に塗られたサイドテーブルが一組と、紫檀《したん》のドレッサー、そして、使いこまれた緑色のベルベットの椅子が一脚。

　窓は二つある。ベッドの足元の方に一つと、ヘッドボードのはるか上の方に小さいものが一つ。縦型のブラインドが開けてあるので、クリーム色の薄いカーテンからはそれぞれ月光と街の明かりが差しこみ、室内はほの明るかった。

タイラーはドアを足で閉めたあとも、部屋の明かりをつけずにまっすぐベッドに歩み寄り、ミッシェルをデイジーの花柄の羽毛布団に下ろした。

こんなときに妙な話だが、ミッシェルはこのベッドがケヴィンと一緒に使ったものではないことをふと思い出し、ほっとした。以前使っていたウォーターベッドは、ケヴィンが去ったあと、彼がいつも寝ていた側をコルク抜きで突いたのが悪かったのか、とうとう水がもれだしたので処分したのだ。

ミッシェルはずっと真鍮のベッドに憧《あこが》れていた。だが、ケヴィンが音がうるさいからと拒否した。

そこで突然、パニックに襲われた。

「タイラー」ミッシェルはタイラーの上着の襟をつかみ、上半身を起こして、せっぱつまった口調で言った。「私、やっぱり酔っていたのかもしれない……つまり……」

「しーっ」タイラーはそうささやくと、ミッシェルの手をそっとはずし、枕《まくら》の上に仰向けに寝かせた。それから上着を脱ぎ、蝶《ちょう》ネクタイをはずして、両方とも無造作にほうり出した。

上着とネクタイはベルベットの椅子の上に落ちた。ミッシェルは目を閉じ、タイラーが靴を脱ぎ捨てる音を聞いていた。すぐに、ベッドわきのランプのスイッチが入れられた。隣でマットレスがくぼみ、二つの大きな、それでいて柔らかなてのひらが彼女のむき出しの肩を包む。そして、タイラーの上品なコロンの香りが鼻をくすぐった。

「目を閉じていないでくれ」タイラーがつぶやいた。唇に触れる温かい吐息とかすかなコーヒーの香りで、彼の唇がすぐそばにあるのがわかる。「せっかくきれいな瞳なんだから……」

そんなふうに言われて、どうしたら閉じたままでいられるだろう？

ミッシェルがまつげを震わせて目を開けると、そこにはタイラーのまばゆいばかりの姿があった。美しいブルーの瞳が、じっと彼女の顔を見つめている。それがミッシェルにはありがたかった。自分の体を恥じているわけではないけれど、彼のほうはまだ服を着ていて、自分だけがこうして全裸で横たわっているのはなんとなく気恥ずかしい。

「服を……脱がないの？」震える声で尋ねる。

「まだね」タイラーはやさしく答えると、白いシャツと黒いズボンという姿のまま、ミッシェルの隣に横たわった。「一晩中いるんだから、事を急ぐ必要はないだろう？」前に身を乗り出し、ミッシェルの両腕をはさむような位置に両肘をついて、せつないほどに軽いキスを何度も繰り返し彼女の唇に落とす。その間、彼の手はまだ湿っているミッシェルの髪をそっと撫《な》で、彼の瞳はまるでこの世の中で一番愛らしく美しい生き物を見るように彼女の目を見おろしていた。「こうすることを今まで何度夢見ていたか、君には想像もつかないだろうな」

そのやさしく真摯《しんし》な言葉に、ミッシェルの中にそれまで残っていた緊張がまるで魔法にかかったように解けていった。こんなふうにキスをして、こんなふうに見つめてくれさえすれば、たとえ自分がタイラーにとっては単なる落としてみたい獲物だろうと、そんなことはもうどうでもいい。彼は私をとても美しく魅力的で特別な存在だと思わせてくれる。今夜のミッシェルはどうしてもそう感じさせてもらう必要があった。

ミッシェルはずっととめていた息を吐き出し、この瞬間にすべてをゆだねた。

「それでいい」タイラーは熱くなっているミッシェルの唇に唇を重ねたまま、つぶやいた。「リラックスして……」彼は羽根のように軽いキスをしながら、唇でミッシェルの顔をたどっていった。顎から頬へ、鼻へ、まぶたへ、額へ、そして最後に、もう一度唇へ戻ってきた。

そこで、キスの調子ががらりと変わった。

タイラーはミッシェルの下唇を唇ではさみ、そっと引っぱった。舌先と歯で刺激されたミッシェルの唇は、やがてかすかに腫《は》れ、さらに敏感になっていく。胸の鼓動がまたしても速くなり、次いで彼が上唇に同じ愛撫《あいぶ》を繰り返すと、まるで暴れ馬のように打ちはじめた。唇に火がついたようだ。

体中が燃えている。

キスの調子がさらに変わったとき、ミッシェルの唇から小さなうめき声がもれた。タイラーは彼女の頭を手で支え、舌を口の奥深くまで差し入れた。

頭の中がぐるぐるまわりはじめたと思った瞬間、タイラーは突然唇を離した。

「すまない」タイラーは息をあえがせて言った。「つい夢中になってしまった。まあ……こういう状況だからやむをえないかもしれないが……それでも言い訳にはならないな」

彼がいったいなにを言っているのか、ミッシェルには見当もつかなかった。

残されたごくわずかな思考能力を駆使するうちに、自分がひどく興奮しているのに気づいた。ケヴィンとのときにはなかったことだ。ミッシェルは初めて、喜ばせようという使命感ではなく、喜ばせてほしいという欲求に突き動かされていた。

「やめないで」かすれた声で言い、少し頭を上げて、唇を軽く触れ合わせた。

タイラーはミッシェルの肩をつかみ、唇が届かないところまで離した。彼のブルーの瞳は輝き、口元がほころんでいる。「少し休ませてくれよ。僕は人間で、機械じゃないんだ」

「わかってるわ」ミッシェルはささやいた。「あなたは、私がこれまで出会った中で一番美しい人間よ」

タイラーの表情が曇った。いきなり肩を放されて、ミッシェルは枕にどさりと落ちた。「美しさなんてなんの役に立つ？」彼は苦々しげに言った。「ただの幻想だよ。ときには呪縛《じゅばく》にもなる」

「私は美しくなりたいと思うけど」

「ばかを言うなよ。君は十分美しいじゃないか。何度言ったらわかるんだ？　これが美しくないと思うのかい？」タイラーは右手の甲でミッシェルの素肌を撫でた。

その指先が胸の先端をかすめたとき、電流のような快感が走り、ミッシェルは息を吸いこんだ。自分の両手で触れ、先が硬く敏感になっているのを確かめる。

「だめだ」タイラーが厳しく命じた。

ミッシェルは驚いてタイラーを見あげた。彼は飢えたような、なにかにさいなまれているような、ただならぬまなざしで見おろしている。こんな表情の彼はこれまで見たことがない。

だが、そのつらそうな表情が消えると、ふだんのタイラーが戻ってきた。自信に満ちていて、冷静で、何事にも動じないタイラーが……。

「僕にさせてくれないか？」彼はにやりとして言った。

ミッシェルは呆然《ぼうぜん》として、とても答えられる状態ではなかった。

だが、タイラーはミッシェルの答えなど待たずに、彼女の両手をつかんで頭の上に上げさせた。そのせいで胸のふくらみも引きあげられ、その先端はちょうどタイラーの唇の下でうずいている。

ミッシェルは高まる期待の中でただじっと待った。

最初にタイラーの唇が触れると、ミッシェルの口からはくぐもったうめき声がもれた。とがった舌先が這《は》い、唇が吸う。ミッシェルは浅い息をつきながら身をそらした。

そのとき、偶然指先が真鍮製のヘッドボードに触れた。溺《おぼ》れる者が藁《わら》をもつかむように、彼女は本能的に冷たい金属のバーにしがみついた。

タイラーの手がもう手首を押さえていないのはわかっていた。それでも、まるで自ら進んで拘束されようとするかのように、ミッシェルは同じ姿勢を保っていた。

一瞬タイラーの唇が離れても、ただ目を閉じて、反対側の胸のふくらみに戻ってくるのを待っていた。嵐《あらし》のように次から次へと訪れる快感以外、もうなにも感じられなかった。

タイラーの手は唇とともに、ありとあらゆる方法で柔らかな胸のふくらみを刺激する。やがてその手は胸をすべりおり、腹部を横切った。驚いて目を開けると、彼の手はさらに下へと進み、最も敏感な部分に到達しようとしていた。

すべてを知り尽くしたようなタイラーの指の動きに、ミッシェルは息をのんだ。そして、彼が唇をその指に置き替えようとしているのを知り、ショックを受けた。

「やめて！」とっさに声をあげ、身をよじって離れようとした。

タイラーが驚いた表情で体を起こした。「いやなのかい？」

「さ、さあ……よくわからない」

なぜか急に恥ずかしくなり、ミッシェルは羽毛布団を引きあげて下半身をおおった。「ケヴィンは……彼は……あまり好きじゃなかったから」ミッシェルは反抗的に言うと、羽毛布団をさらに胸の上まで引っぱりあげた。

実のところ、ケヴィンは好きではないどころか嫌悪していた。そのせいで、それはミッシェルにとって妄想の中だけの行為となった。

「僕はケヴィンじゃない」タイラーは冷ややかに言うと、立ちあがってシャツのボタンをはずしはじめた。「しかも、あいにくなことに僕はこれが大好きでね。君も試してみれば好きになるかもしれない。とにかく僕を信じてまかせてみないか？　もし少しでもいやだったら、そう言ってくれればすぐにやめるよ。それでどうだい？」

ミッシェルはうなずき、タイラーがシャツを脱ぐようすに見入った。この姿を見たら、どんな女でも膝の力が抜けてしまうだろう。タイラーがふだんから体を鍛えているのは知っていたが、この骨格の美しさはトレーニングでは決して作れないものだ。広い肩と胸、細い腰、引き締まったヒップ、長い手脚。なめらかな小麦色の肌もその美しさを引きたてている。その素肌に早く触れたくて、ミッシェルの指先はうずいた。

ベルトがはずされ、タイラーのズボンが床に落ちた。続いて靴下と下着が脱ぎ捨てられる。もしもタイラー自身、唇を使った愛撫が好きなら、女性にも同じことを求めるだろうか？　そう考えると、ミッシェルは胸がどきどきした。決していやなのではない。むしろ望んでさえいたが、経験豊富なタイラーを喜ばせることができるかどうか不安だった。

タイラーは全裸になると、ズボンをもう一度手に取り、ポケットをさぐった。やがて小さなホイルの包みが三つ、サイドテーブルに置かれた。さすがに用意がいい。プレイボーイたるもの、避妊具はいつも持ち歩いているのだろう。

タイラーは高ぶりがはっきりとわかる体をベッドに横たえた。ミッシェルは視線をどこに向けたらいいのかわからなかった。

「二人とも布団の下に入らないか？」タイラーがミッシェルの震える手から羽毛布団を引きはがし、折り返した。「それとも、さっきの姿勢に戻ってもらうには、少し説得しないとならないのかな？」

ミッシェルは目をぱちくりさせた。「さっきのって……？」視線をちらりと真鍮のヘッドボードに向ける。

「そのとおり」タイラーはうなずいた。

ミッシェルがためらっていると、タイラーは再びキスをしはじめた。めくるめくような深いキスに、たちまちすべての迷いはどこかに消え去ってしまった。五分もすると、彼の頼みとあらば、ミッシェルは全裸でシャンデリアにぶらさがることもいとわない気分になっていた。もっとも、この部屋にシャンデリアがあればの話だが……。

ミッシェルが先ほどの官能的な姿勢に戻ると、タイラーはキスの合間に、頭上に伸ばした彼女の腕を撫で、拳《こぶし》に手を重ねてさらに強くバーを握らせた。

「放さないって約束してくれ」彼はささやいた。「僕がいいと言うまで……」

ミッシェルはうなずくことしかできなかった。伸ばした全身はすでに、期待と興奮の入りまじった陶酔感に震えている。

「目を閉じていてもいいよ」

目を閉じていたかったが、同時に不安もあった。いったい彼はなにをするのだろう？　恥ずかしさに身のすくむようなこともされるのだろうか？

タイラーの手が腕からゆっくりと下りはじめるとともに、すべての不安は一瞬にしてかき消えた。その手はわきの下を通り、胸のふくらみをおおい、腹部を撫でてから、腰の両側を抱くようにさらに下りていく。彼の手がいつまでも腿にとどまっていると、その数秒間が永遠にも感じられた。彼が脚を開かせたのだろうか、それとも自分から開いたのだろうか？　ミッシェルにはわからなかった。そんなことはもうどうでもよかった。ただ息をひそめ、タイラーの唇が下りてくるのを待った。

いったいなんと表現すればいいのだろう、この複雑に入り組んだ快感を？　これは単に肉体的なもの？　それとも、どこか心の奥底にあった欲求が、今夜初めて満たされた喜びなのだろうか？　一つだけ確かなのは、タイラーは彼女が何度も夢に見、思い描いたすべてを実現してくれたということだった。しかも彼の原動力は、恥ずかしさなど入りこむ余地のない、原始的で根源的な情熱だった。それが彼女の中の雌の本能に火をつけた。彼の唇の下で、ミッシェルはもう、ケヴィンと一緒にいたころの、必死に相手の顔色をうかがう彼女ではなかった。抑えきれない衝動に突き動かされ、野性のままに快楽を求める一人の女にすぎなかった。

　タイラーの唇と指に攻めたてられ、うめき、あえぎ、泣き叫び、身悶《みもだ》えしたあげくに、ミッシェルは夢に見たとおりのクライマックスを迎えた。そのあと、タイラーはもう一度、甘い恍惚《こうこつ》にひたる彼女の全身にキスの雨を降らせた。そしてまた最初から、そのすべてを知り尽くした手でミッシェルの欲望をかきたてた。

　タイラーが避妊具をつけに一瞬離れるころには、ミッシェルの体は驚いたことに、最初のときと同じように再び高まりきっていた。一刻も早く彼に満たされたくて、文字どおりうずいている。そして、そのうずきを癒《いや》すには、彼を奥深くに感じ、彼自身の欲望を解き放ってもらう以外にないと確信していた。

　タイラーが体を重ねてきた。

「お願い、タイラー」ミッシェルはぼんやりした目で彼を見あげて、せがんだ。

　タイラーは一瞬ためらってから、次の瞬間、いきなり身を沈めてきた。

　ミッシェルの口からかすれたあえぎ声があがった。彼の力強い動きを感じながら真鍮のバーをつかむ。

　タイラーはうめき、ミッシェルのしびれた手をバーから引きはがして、彼の背中にまわさせた。「さあ、好きなように動いていいよ」

「あなたもね」ミッシェルは息をあえがせて言い返し、彼の腰に脚をからめた。

「仰せのとおりに」

タイラーの力強いリズムに揺さぶられ、ミッシェルは必死に彼にしがみついていることしかできなかった。たちまち自分の存在は消え去り、タイラーの片割れになったような感覚が訪れる。二人の体は一つになり、二つの心臓が同じ鼓動を刻んだ。

「ああ、タイラー……タイラー……気が変になりそう。もうだめ……」

「それでいいんだよ、ミッシェル」タイラーは喉からしぼり出すように言うと、激しく身を震わせた。

「僕も一緒だ」

8

「起きろよ、お寝坊さん！」

ミッシェルは羽毛布団にさらに深くもぐり、なにがあっても動くまいとした。この温かく心地よいまどろみをじゃまされたくない。

「あっちに行ってよ、タイラー」ミッシェルはつぶやくように言った。そのとき、頭をおおう霧に、一筋の閃光《せんこう》が走った。

タイラー？

一瞬にして霧は消え去り、頭のスクリーンに昨夜の光景がフルカラー、ドルビーサウンドで映し出される。恥ずかしい言葉やうめき声の一つ一つまでがよみがえってきた。

「もう昼だよ」恐ろしく近いところからタイラーの声がした。「さあ、起きて」彼は、くしゃくしゃに乱れたミッシェルの頭のてっぺんにキスをした。「楽しい日曜日だ」

ミッシェルは羽毛布団にもぐったまま一生外に出たくなかった。目をぎゅっと閉じ、救いを求める。けれど、これは映画などではなく、危ういところで騎兵隊が助けに来てくれたりはしない。いつまでも逃げているわけにはいかないのだ。

おそるおそる片目を開けてみた。ベッドわきに立っているタイラーばかりか、サイドテーブルの上の開いたホイルの包みまでが目に入る。

しかも三つ。

ミッシェルは唇を噛《か》んだ。唇は腫《は》れて敏感になっている。そっと胸の先端に触れてみると、そちらも同じような状態だった。

つまり、これは夢などではない。タイラーが与えた甘く官能的な責苦のすべては現実だったということだ。あのときは頭がくらくらするほど興奮したけれど、こうして白々とした朝日の下にさらされてみると、まず第一に感じるのは苦悶《くもん》だけだった。どうしてタイラーとこういうことになってしまったの？ 愛しているわけでも、愛されているわけでもないのに。これは愛などではなく、最も原始的な形の欲望にほかならない。

それにしても……すばらしかった。

ミッシェルはうめきそうになるのをこらえた。これまでずっと、自分のことを愛のないセックスはできないタイプだと思っていた。

へえ、そう？ だったら、ケヴィンと愛のあるセックスをしたのは、いったいいつのこと？

ずいぶん昔だ。思い出すことすらできない。あるいは、最初からそんなものではなかったのかもしれない。

「さあ、もう寝たふりしたってだめだぞ」タイラーがミッシェルの心境を見透かしたように言った。「君が朝になって後悔してるのはわかるけど、今さらむだだよ。今ごろケヴィンが、ハネムーン用のスイートルームのベッドで、結婚を悔やんで君を懐かしがってると思うかい？」

ミッシェルはしばらくじっと横たわり、タイラーの挑発的な言葉について考えていた。驚いたことに、なんの痛みも感じられなかった。

そればかりではない。昨夜から、ケヴィンのことはすっかり忘れ去っていた。思い出すことがあったとしても、ごく平凡なセックスの相手として、タイラーとの比較の対象にしただけだ。正直なところ、今朝ケヴィンがなにを思っていようが思っていまいが、そんなことはもうどうでもよかった。目下のところミッシェルが気になっているのは、どうしたらタイラーとまともに顔を合わせられるのかということと、彼が今なにを考えているのかということだ。それについては手がかりすらなかった。

ミッシェルは息を吸いこみながら仰向けになり、できるだけ平静な表情で顔から髪を払いのけた。だが、クリーム色のバスローブに身を包み、ギリシア神話の美しき神さながらの姿で立っているタイラーを見た瞬間、ミッシェルの脳波は激しくかき乱された。

視線がついタイラーの手と唇に向いてしまう。そして、バスローブの下の体がどれほどたくましかったか思い出してしまう。昔から美しいとは思っていたけれど、今ではその隅々までよく知っている。そう、三回目のときに、ミッシェルは彼の全身にくまなく触れ、口づけしたのだ。やがてタイラーがこらえきれなくなったようにミッシェルを引き寄せ、彼女を上にしたまま一つになるまで……。

あのあと、心地よい疲労に身をまかせ、満ち足りた眠りに落ちたのだった……。

　しかし今、ミッシェルはすっかり目が覚めていた。もう疲労は感じない。それどころか、またタイラーが欲しくなっていた。

　自分が考えていることに気づき、ミッシェルは愕《がく》然《ぜん》とした。タイラーは私をさかりのついた獣に変えてしまったの？

　ミッシェルは今までもなにかにのめりこむ性格だった。だが、この世で最ものめりこみたくない対象が、セックスとタイラーだ。彼が女性に対してどうふるまうか、十年間はたで眺めてきた自分が一番よく知っていると、ミッシェルは思った。次々に恋の相手が現れては消える。おそらくは、次が現れるから消えるのだろう。知的水準の高い男性の多くがそうであるように、タイラーも退屈には耐えられないタイプだ。仕事でも恋でも、むずかしい挑戦や高いゴールほど興味がわく。父親から引き継いだ雑誌を成功に導いたように、ほかの者ならとうていなしえないようなことを成功させるのが彼の喜びなのだ。

　〝ずっと昔からこうしたかった〟――タイラーは昨夜そう言っていた。あのときは胸がときめいたけれど、今冷静になって考えてみれば、それは私が〝きれいな瞳〟や〝美しい体〟をしていることとはなんの関係もないのがわかる。ケヴィンも言っていたように、ただ単に、私が彼に無関心だったからなのだ。タイラーにとって私はずっと、落としにくい女の代表だった。彼の姿を見ただけで、その身を投げ出してくる女性とは違っていたのだ。

　昨夜までは……。

　悔しさがこみあげてきた。自分がタイラーのセックス武勇伝に記される女の一人にすぎないと思うと、情けなくなってくる。

「雲行きが怪しいな」タイラーが言った。

「なんの雲行きが怪しいのよ？」ミッシェルは噛み

つくように言った。

「喧嘩《けんか》を吹っかけようとしてるだろう？　目を見ればわかるよ。でも、僕は喧嘩は買わないからね。君のやることなすこと、なんでも賛成だ。君の好きなようにすればいい」タイラーはベッドの彼女の隣に飛びのり、仰向けに横たわって伸びをした。「今日はなんなりと仰せに従うよ」

　ミッシェルは怒りつづけていたかったが、無理だった。誘惑に負けそうな自分を抑えるのに忙しかったからだ。タイラーの髪はシャワーから出たばかりと見え、まだ湿っている。洗いたての彼の素肌がすぐ手の届く場所にある。頭の中ではすでにバスローブの紐《ひも》を取り去り、前をはだけて、美しい彼の胸に手を這《は》わせていた。それから岩のように固い腹部にキスをして、さらに……。

「あなたの言うとおりね！」ミッシェルはわざと威勢のいい声で言った。「そろそろ起きなくちゃ」

　体を起こし、羽毛布団をはいだところで、大きな過ちに気づいた。だが、もう一度布団をつかんで裸体をおおうのも、今さら意識しているようでみっともない。タイラーに背中を向けていることだけが唯一の救いだった。

　ミッシェルはその状態で許される限りの尊厳を保って立ちあがると、痛々しいほどにさりげない足取りでベッドからクローゼットまで歩いていった。こそこそ駆けだしたりするのはいかにも見苦しい。それでも、頭の中ではずっと、ベッドに横たわって自分のヒップを眺めているタイラーのことを考えていた。

　ようやく自分のバスローブを前にしたとき、ミッシェルの手は震えていた。ゆったりした紫色のバスローブは紐で縛るのではなく、前をボタンでとめるタイプだ。ミッシェルはさりげなさを装い、急ぐふうでもなくバスローブをまとった。

「シャワーを浴びてくるわ」タイラーの方をちらりと振り返って言った。

「その間に、コーヒーをいれておこうか？」逃げるように部屋を出るミッシェルに、タイラーが声をかけた。

ミッシェルは戸口で足をとめ、もう一度タイラーの方を振り向いた。彼はベッドに腰かけ、立ちあがろうとしている。そして、さぐるような真剣なまなざしでミッシェルを見ていた。見せかけの自信が揺らぎ、彼女は思わずドアの側柱をつかんだ。タイラーはいったいなにを考えているの？　どこまで覚えているの？　これからどうしようというの？　なにを期待しているの？

「いえ、お気づかいなく」ミッシェルは硬い口調で言った。「シャワーから出たら、自分でいれるから」

「逃げてもなにも解決しないよ」タイラーは静かに言った。「もう起きてしまったんだ、ミッシェル。それにすばらしかった」

ミッシェルは身をこわばらせ、最後の一言は聞かなかったことにした。セックスがすばらしかったのは認めるが、それを改めて口に出す気はなかった。これ以上タイラーの男としての自信を高めてやる必要はない。

「なにがあったかはちゃんとわかってるわ」ミッシェルはつっけんどんに言った。「それに、逃げるつもりもない。ただシャワーを浴びようとしてるだけじゃないの」

「そのあとは？」

「朝食を食べるわ」

「それから？」

「それからあなたは服を着て家に帰る。そのあとは、できることなら昨日までの二人に戻れたらと思ってるわ」

タイラーはミッシェルの神経を逆撫《さかな》でするような

声で笑った。「昨日までの二人って、どこに戻るんだい？」その口調にはどこか怒りが感じられた。「友達のふりをするのか？　しじゅう口喧嘩をしながら？　二人の間に散っていた火花をまた無視しようっていうのかい？」

　ミッシェルはあっけにとられた。しかし、よく考えてみると、タイラーの意見は正しいのかもしれないと思えてくる。私はこれまでずっと、タイラーに性的な魅力を感じつづけてきた。もっとも、感じない女のほうがどうかしているかもしれないけれど。確かに、ある種の嫉妬《しっと》心がいつも彼にくってかかる原因となっていたことは否めない。

「ゆうべ、はっきりわかったんだ」ミッシェルがなにも答えられないでいるうちに、タイラーは続けた。「君は僕を求めていたんだよ、ミッシェル。そして僕は君を求めていた。今までずっと、君が欲しくて仕方なかった。ゆうべも話したけど、あれはすべて本気だったんだ！」

「どうして？」ミッシェルは問いただした。真実を知っておかなければならない。

　タイラーは肩をすくめた。「どうして性的な魅力を感じるかなんて、だれにも説明がつかないだろう？　とにかくずっと前から、君のことをたまらなくセクシーだと感じてた。思ったとおりだったよ」

　彼は突然ほほえんで立ちあがり、大股に近づいてきた。「君は本当にセクシーだ」

「ふ、ふだんは別に……」たちまち鼓動が速くなる。

「でも、僕と一緒のときはそうだろう？」タイラーはミッシェルの肩を両手でつかんだ。ミッシェルが大きく目を見開いて顔を上げると、彼はかがみこみ、唇にキスをした。

　タイラーの唇に触れられ、ミッシェルは震えた。一瞬にして欲望が全身を駆けめぐる。

　タイラーの言うとおりだわ。私はとてもセクシーになれる。彼と一緒なら。

「もう元には戻れないんだよ、ミッシェル」キスの合間に、タイラーは言った。「ゆうべのことはただの一夜の過ちなんかじゃない。絶対そんなふうに思わせたくない」

「ええ」ミッシェルはようやくため息混じりに認めた。

「君とつき合いたいんだ。ディナーやダンスや芝居に君を連れていきたい。それにもちろん、これからもベッドをともにしたい。君に人生を楽しむことを思い出させたいんだよ」

「楽しむこと？」ミッシェルはぼんやりと繰り返した。

「ああ。君は楽しむことも忘れてしまってるんじゃないのか？」

「私……」

「無理もないよ。ケヴィンがすべての喜びを君から奪い去ったんだ。だから僕が取り戻してみせる。それができなければ、タイラー・ギャリソンの名がすたるからな」

ミッシェルはもう一度タイラーを見あげた。本気にさえならなければ、タイラーとデートをするのは楽しいだろう。けれど、輝く太陽がやがて沈んで夜がくるように、この関係にも必ず終わりがくる。彼がもたらしてくれる快楽や喜びの陰には、大きな落とし穴がある。タイラーの恋人はしょせん臨時雇いの立場なのだ。

「さっそく今日から始めるぞ」彼は言った。

「これからなにをするの？」とまどいと興奮で、ミッシェルは息をするのもままならなかった。

タイラーはいたずらっぽくほほえんだ。「それは見てのお楽しみだ」

9

「まさか！」ルシールが声をあげた。

ミッシェルはため息をついた。「そのまさかなのよ」

月曜日、ミッシェルはルシールに電話をかけ、どこかでランチをつき合ってほしいと頼みこんだ。だれか気の確かで冷静な相手と話をし、地上につなぎとめておいてもらう必要があったのだ。タイラーのような男性につき合ってほしいと申しこまれたりしたら、女はふわふわと宙に浮きかねない。

「だから言ったじゃないの、悪い狼《おおかみ》が言い寄ってくるって」ルシールは辛辣《しんらつ》な口調で言った。

「彼が言い寄ってきたわけじゃないのよ。私が帰らないでって頼んだの」

「まさか！」

「そうなの」

「信じないわ。そんなの、あなたらしくないもの。彼のことをかばってるんでしょ？　そうよ、そのほうがよっぽどあなたらしいわ」

「それが……ちょっと酔っぱらっていて」

「ちょっとどころじゃなくて泥酔していたんじゃない？　彼はそこにつけこんだのよ」

「そういうわけでもないのよ、ルシール。私のほうは隙《すき》だらけだったと思うんだけど、それでも彼はみじめな私を一人残して帰ろうとしていたの」

　ルシールは笑い声をあげた。「彼にそう思いこまされているのよ。あなたが結婚式に一緒に行ってほしいと言いだしたときから、これはものにできるって思っていたに違いないわ。セクシーな格好をしてこいっていうのが、まさかケヴィンのためだなんて思ってないでしょう？」

ルシールのまったく新しい解釈を聞いて、ミッシェルは頭がくらくらしはじめた。「わからない。正直なところ、もうなに一つわからないの。つまり……昨日の朝、目が覚めたときは、恥ずかしさのあまり死ぬかと思ったわ。彼となんてことをしてしまったんだろうって。一晩であんなに次々と新しい体験をするなんて」

「聞き捨てならないわね。彼といったいなにをしたの？」

ミッシェルは身震いした。「話せるわけないじゃないの！」

「話せるわよ。女同士なんだから。さあ！」

ミッシェルはすべてを話した。ルシールはさして驚いた顔もしなかった。

「彼、ベッドではなかなかのものみたいね」隣のテーブルの二人の老婦人に聞こえないようにルシールは小声で言った。老婦人たちはどうもさっきからお茶を飲むのも忘れて、こちらの話に聞き入っているようだ。

「気が変になるほどなの。彼に触れられると、理性的に考えることができなくなってしまうのよ。まるで見知らぬ他人にこの体を乗っ取られてしまったみたい。ただその場の感覚にひたっていたいだけなの。ときには彼のことを頭から食べてしまいたいとさえ思うわ。そうでなきゃ、私の体の中に全部引き入れて、文字どおり一つになりたいって思うの」

そこで初めてルシールが不安そうな表情になった。

「あまりよくない傾向ね。まさか悪魔に恋してしまったんじゃないでしょうね？」

「まさか……」ミッシェルは言ったが、その声にはかすかな疑念が混じっていた。「そんなことはないわ。ただ……あっけにとられているだけ。なにもかも知り尽くしていて、しかも完璧《かんぺき》な体を持った男性と一日中愛を交わすなんて、そうあることじゃないもの」

ルシールは眉を上げた。「完璧な体？　その部分はまだ聞いてなかったわね。どんなふうなの？」

ミッシェルは笑った。「これくらいにしておくわ。あなた、期待していたほど役に立ってくれそうにないんですもの。ばかなことはやめろ、タイラーとはつき合うなって言ってくれると思ってたのに」

「あなたが私の意見に耳を貸すと思ったら言ってるわよ」ルシールは冷ややかに言い返した。「でも、どっちにしてもあなたがタイラーとつき合うだろうってことは、私たち二人ともよくわかってる。彼に捨てられるまでね。そして、あなたがたぶんケヴィンのときよりもっとひどく傷つくのも。だって、今の話から察するに、タイラー・ギャリソンは簡単に忘れ去ることのできる男じゃないもの。それで思い出したわ。ケヴィンのことは今どう思ってるの？」

「ケヴィンってだれ？」

「あきれた！」

「冗談よ。十年の歳月をそう簡単に忘れることはできないわ。それでももう、彼とのことはすべて終わったの」ミッシェルはきっぱりと言った。

「だといいけど。でも、そのせりふ、前にも聞いたことがあるのよね」

「今度は本気よ」

「今はゴージャスなタイラーに目を奪われてるからでしょ。だけど、もしケヴィンが奥さんと別れてまた目の前に現れたら、どうなるのかしら」

ミッシェルはそんな事態を想像することもできなかった。頭の中は現在とすぐ前の過去のことでいっぱいだった。今朝早く、タイラーがよろめきながらベッドから出て、今日はオフィスにいても使い物にならないと言っていたのが思い出される。

「それで、日曜日はなにをしたの？」ルシールが尋ねた。

　ミッシェルはぽっと頬を赤らめた。

「まさか！」ルシールはまた声をあげた。

「でも、ときどきはベッドから出て食事もしたし、少しテレビも見たし、話もしたわ」

「そう？」ルシールは皮肉っぽく片方の眉を上げた。「なんの話をしたのかしら？『カーマ・スートラ』には書かれてない幻の体位について？」

「うちの家族についてよ。タイラーがすべてを知りたいって言ったの。なんだかうれしかったわ」

「ふーん。敵もなかなかやるわね。自分のことをいろいろ尋ねてくれる男ほど、女にとって魅力的なものはないもの。でも、下心が見え見えよ。うっとりさせておいて、もう少しセックスを楽しもうってことでしょ」

　ルシールのひねくれた見方も、必ずしもはずれているとは思えなかった。ケヴィンも言っていたように、すぐに飽きられてしまうのが落ちなのかもしれない。

　再び今朝の光景が脳裏をよぎった。タイラーは別れ際に、今週が雑誌の締め切りなので、金曜日の夜までは会えないと言っていた。あの理由は本当なのだろうか？　それとも、もうさよならへの秒読みが始まっているのだろうか？

「どうかした？」ルシールが尋ねた。

　ミッシェルは傷ついたまなざしを友人に向けた。

「なんでもない」

　だが、ルシールをだますことはできないと、ミッシェルにはわかっていた。私の目は心の窓で、なにかを隠すということができない。ルシールは、私がハンサムなろくでなしに夢中になっていると知りつつも、捨てられたあとで慰める以外どうすることもできないと悟っている。ルシールのように世間を知り尽くした大人の女性ならば、純粋にセックスだけの関係を楽しむこともできるだろう。もっとも、彼女の眼鏡にかなう相手がいればの話だけれど……。残念ながら、私はそれほど強くもないし、大人でもない。

でも、これがいい経験になれば……。

「コーヒーが冷めるわよ」ルシールは言い、話題を変えた。隣の席の老婦人たちはがっかりしたようにため息をつき、またランチを食べはじめた。せっかくテレビの昼メロよりもおもしろかったのにと言いたげな顔で……。

午後になってオフィスに戻っても、ミッシェルは不安をぬぐい去ることができず、仕事に集中できなかった。本当はこんなことをしている場合ではない。〈パッカード・フーズ〉のプレゼンテーションは来週末に迫っている。今までの進行状況には十分満足しているけれど、プレゼンテーションまでの間、これ以上ストレスが生じるようなことだけは避けたい。

「調子はどうだい、ミッシェル？」

ミッシェルははっとして顔を上げ、デスクの向こうにいる社長を見て驚いた。彼は鋼のようなグレーの瞳でこちらを見おろしている。

ミッシェルはどぎまぎしないように努めた。だが、社長のハリー・ワイルドは人をどぎまぎさせるのが得意ときている。

ハリーは気むずかしく、仕事に厳しい人間だ。自らも仕事中毒で完璧主義者。得体の知れない悪魔に取り憑《つ》かれているのではないかとさえ思える。この業界でのサクセスストーリー以外、彼の生い立ちや詳しい経歴についてはだれも知らない。

八〇年代後半、ハリーはすでに広告業界の若き天才として、ここシドニーでアメリカ資本の巨大広告代理店の重役におさまっていた。そして、二十五歳のときにその職を辞し、自らの広告代理店を設立した。社員はハリー一人。ノース・シドニーの一部屋きりのアパートメントをオフィスとし、留守番電話が秘書がわりというつつましさだった。

　同業者たちも一年ほどはハリーのことなど気にもとめなかった。あいつは頭が変になったと言い、せいぜい鶏の餌《えさ》の広告でも取れればいいほうだと嘲笑《あざわら》っていた。ところが、ハリーが大手のファストフード・チェーンをクライアントに獲得し、鶏の餌ならぬフライドチキンを扱うようになったとき、同業者たちも彼に一目置かざるをえなくなった。

　三十歳にしてハリーは億万長者となり、キリビリにあるペントハウスとポルシェを手に入れた。彼の会社は毎年いくつもの広告賞を総なめにするようになった。

　現在、設立から十年あまりがたった〈ワイルド・アイデア〉は五十名の社員を擁し、ノース・シドニーのオフィスビルの三階フロアを専有している。ハリーの自宅からオフィスまでは車で五分の距離だ。彼は通勤の時間を惜しみ、社員にもできる限り近くに住むことを奨励している。

　ハリーはまた徹底した実利的センスを持ち、豪華なオフィスや家具に金をつぎこむことはしない。社長室はそれ相応の威厳と利便性を備えているが、エレガンスとは無縁だ。ミッシェルのオフィスもまた、広々とはしているものの、茶色の絨毯《じゅうたん》にパイン材の家具というきわめてシンプルな内装だ。しかし、コンピューターや周辺機器に関しては金に糸目をつけないという社長の姿勢を反映し、各オフィスには高価な最新モデルが備えられていた。当然のことながら、彼が雇い入れるスタッフも分厚い絨毯や長々とした昼休みなどではなく、やりがいのある仕事とそれに見合う報酬を重んじる者ばかりだった。

　ミッシェルはこの場にふさわしい、熱心で意欲に満ちた表情を作った。「ええ、実は今も考えていたんですけど、例の――」

　ハリーが皮肉っぽく片方の眉を上げ、ごまかしは通用しないぞという笑みを浮かべた。すばらしく整った顔に表れた不穏な気配は、部下ならだれしも気づく危険信号だ。ミッシェルはあわてて口をつぐんだ。この会社には、ハリーの前で嘘《うそ》をつこうなどという愚か者はいない。彼はまた、くだらない言い訳やくどい説明に対する忍耐心も持ち合わせていない。頭が働かないのならそれを素直に認めるほうが、ハリーは好感を持つのだ。

　しかし、射るようなまなざしを向けられながら本当のことを白状するのは、生やさしいことではなかった。

「すみません」ミッシェルはつぶやいた。「今日はどうも集中できないようで」

「なにか困ったことでもあるのか？　僕でよければ相談にのるが」

　ミッシェルはついほほえみそうになった。広告に関することなら、ハリーはすばらしいひらめきでまたたく間に解決してしまうだろう。だが、プライベートな悩み――しかもタイラーのことを彼に打ち明けるなんて、天地が引っくり返ってもありえない。

　なぜなら、タイラーとハリーは基本的に同じタイプの男性だからだ。二人ともプレイボーイで、余暇はもっぱら束縛や愛情とは無縁の肉体的な快楽を求めることに費やしている。

　もっとも、ハリーにはタイラーほど余暇に費やす時間はないようだ。それでも、噂《うわさ》で聞く限りでは、遊ぶとなったら徹底的に遊ぶらしい。

　仮にミッシェルが悩みを相談したところで、ハリーにはなにが問題なのかもわからないに違いない。せいぜい楽しむだけ楽しんで、タイラーがゲームから降りる前に自分から降りる知恵を持てと言われるのが落ちだろう。

「ちょっと二日酔いぎみなんです。週末に友人の結婚式がありまして、そのあとパーティが延々と続いたので。明日には回復していますから」

ハリーがうなずいた。二日酔いということであれば理解できるし、同情もできるのだ。「いいだろう。だが、今週末はばかなまねは慎めよ。来週の月曜日の朝一番に、君のプレゼンテーションのリハーサルをすることにした。それなら、万が一不備が見つかっても、直す余裕が十分ある」

ミッシェルはうめきたいのをこらえた。リハーサルは悪夢だ。ハリーは通常、社員全員を集めて見学させ、意見や批判を聞く。三年前、〈ワイルド・アイデア〉に入社して以来、彼女がプレゼンテーションのリハーサルを行ったのはわずか二回だった。最近までは小口のクライアントしか担当しておらず、そこまで大がかりな準備は必要なかった。

しかし、今回はそうはいかない。一世一代の大勝負なのだ。

ハリーがいぶかしげに目を細めた。「万全の準備はできてるんだろうね？」

「もちろんです」

「その言葉を忘れるなよ、スイートハート」ハリーは冷ややかに言って、立ち去った。

ハリーがミッシェルをいとしい人《スイートハート》と呼ぶのは珍しくないし、とくに意味もない。だからこそミッシェルは眉をひそめた。週末の間、タイラーも、〝ハニー〟とか〝ベイビー〟とか〝ダーリン〟といった甘く曖昧《あいまい》な呼称を何度も使ったからだ。確かに耳ざわりはよく、場合によってはセクシーですらある。でも、今にして思えば、ハリーの〝スイートハート〟と大差なかったのではないだろうか？

タイラーはいったいどれくらいたくさんの女たちに同じような甘い言葉をささやいてきたのだろう？

ミッシェルがその暗澹《あんたん》とした推測をさらに押し進めようとしているところへ、電話が鳴った。今はとてもだれかと話をするような気分ではない。彼女は不機嫌に受話器を取った。

「はい」少しとがった声になった。

「タイミングが悪かったかな？」

タイラーだった。あらがいがたい肉体美と官能的な声を持つタイラーだ。

受話器を持つミッシェルの手に力がこもった。

「場合によるわね」彼女は警戒するように言った。

「場合とは？」

「どういう用件で電話してきたか……」

自分から決断などしなくてもいいのかもしれない。これはさよならの電話なのかもしれない。

〝すまない、ハニー。考えてみたんだが、あれはあのときだけのことにしておいたほうがいいんじゃないのかな。僕ら二人はなにからなにまでかけ離れているし……〟

つまり、ベッドをともにするなら、もっと扱いやすい女が山ほどいるということだ。翌朝、深刻に騒ぎたてたり、弱みにつけこまれたと文句を言いだしたりしない、さっぱりした女たちが……。

やはりルシールの言ったとおりだ。今なら、タイラーにつけこまれていたのがよくわかる。彼はケヴィンのことで私がどれだけ落ちこんでいるか知っていた。それに、自分ではしっかりしていたつもりでも、あの酒量を考えると、やはり相当に酔っていたのだろう。

少なくとも自分自身のいつにない乱れぶりはその二つで説明がつく。もう一つの、はるかに心を乱す感情――タイラーが自分にとって思ったよりはるかに意味のある存在だということは無視しよう。

「今度の金曜日の晩のことなんだ。実は、両親の三十五回目の結婚記念日だってことをすっかり忘れていた。クリオが身内だけを招いてディナーパーティを開く計画を立てていてね」

ずいぶんと都合のよろしいこと！

　怒りに変えようとしても、内心は傷ついていた。胸がたまらなく痛い。ああ、ミッシェル、あなたって本当にばかよ！

「それで？」つい険しい口調になった。

「あらかじめ知らせておいたほうがいいと思ったんだよ」タイラーが少し面くらったように言った。「ドレスを買う必要があるかもしれないと思ってね。母はきっと目いっぱい着飾るだろう。クリオもだ。結婚式で君が着てたブルーのドレスならちょうどいいが、もうクリオに見られているからね。女っていうのはそういうのを嫌うものだろう？」

　来てほしいと言われためくるめくような喜びは、一瞬にして憂鬱《ゆううつ》な気分に取って代わられた。タイラーの成金趣味の母親や高慢ちきな妹と張り合いながら数時間を過ごせというの？　あのブルーのドレスに大金をはたいてしまった今、もう一枚買う気にはとてもなれない。

「あなた一人で出たらどう？」ミッシェルはできる限り理性的に言ったつもりだったが、口にしたとたん皮肉に聞こえた。「つまり、その……クリオは私が行くのを喜ばないんじゃないかと思うの。お母様も歓迎してくださるかどうかわからないし。アンチ上流趣味だと思われても仕方ないけど、私は歓迎してもらえるような場にしか行きたくないのよ」

　電話の向こうに不穏な沈黙が広がった。

「タイラー？」

「前にも言ったから、あと一度しか言わないよ、ミッシェル」タイラーは険しい口調で言った。「クリオがなんと思おうと、そんなのは僕には関係ないことだ。母については、この際はっきり言っておくが、君の考えていることは間違ってる。母は、父と結婚する前は労働者階級出身のごくふつうの娘だった。決して君のことを見下したりはしない。それだけは約束するよ」

〝娘だった〟って言ったように、それは過去のことでしょう？　ミッシェルはそう言いたかった。富豪に嫁いで三十五年の月日が流れれば、変わらないほうがおかしい。確かにほとんど言葉を交わしたことはないけれど、タイラーの卒業式のときに紹介されたし、彼の開くパーティでも二、三度見かけた。遠目に見ても、ふつうという言葉からはほど遠かった。ブロンドでいまだに美しさを保っているミセス・ギャリソンは、大金をかけなければ決してかもし出せない上品な華やかさをそなえていた。彼女の労働者階級の意識はもうとっくの昔に消え去っているに違いない。

「そうかもしれないけど」ミッシェルは言い返した。「また一カ月分のお給料を一度しか着ないドレスにつぎこむのは気が進まないの。だれかさんと違って、アパートメントのローンも支払わなくちゃいけないんだから！」

タイラーが息を深く吸うのが聞こえ、ミッシェルは罪の意識を覚えた。私は卑屈になっているだけなの？　そうかもしれない。でも、こんな私を相手にするのがいやなら、今すぐほうり出せばいいのよ！

タイラーに捨ててほしくてわざといやな女になっているような気がして胸がちくりと痛んだが、それは無視することにした。これで、この先ずっと悩んだり苦しんだりすることから解放されるわ！

「君には来てもらう」タイラーはうなるような低い声で言った。「必要とあらば、僕がドレスを買ってでもね」

「いいえ、タイラー・ギャリソン、世の中のことはなんでもお金で解決できると思っているのかもしれないけど、そうはいかないわ。私はお金じゃ動きませんから！」

「それはよくわかってるよ。なにも君を金で動かそうというんじゃない。なんとか金曜日の夜に来てもらおうとしてるだけだよ。それまで君に会えないだけでもつらいんだ。僕が土曜日の夜までじっと待っていられると思うかい？」

　思いがけないタイラーの言葉に、ミッシェルは息をするのも忘れた。そこで、彼が単にセックスのことを言っているのだと気づいた。まる五日間、女性とベッドをともにしないなんて、タイラーにしてみれば珍しいことなのだろう。

　それでも、タイラーにそこまで求められているという思いが、彼女の中に妖《あや》しい炎をかきたてた。

「今夜うちに来ればいいわ。何時でもかまわないから」ミッシェルは低く温かいセクシーな声で言った。

「行こうと思えば行けるけど、そんなに長居はできない。言ったはずだよ、今週は昼夜の別なく仕事だって。いいから僕を困らせないで、金曜日の晩に来ると言ってくれよ」

　ミッシェルは余裕ありげに笑った。「たぶんね」

「ミッシェル！　まったく君にはあきれるよ」タイラーの声も笑いを含んでいる。

「嘘よ、ぜんぜんあきれてなんかいないくせに」ミッシェルはほほえみながらも、少し沈んだ口調を装った。「あなたは女を堕落させるタイプよ、タイラー・ギャリソン。おまけに自分の都合を通すのに慣れきってる」

「それじゃ、来るんだね？」

「もっとちゃんと言って」

「金曜日の夜、僕と一緒に両親の結婚記念日のパーティに出席していただけますか？」

「行けると思うわ。時間は？」

「七時に迎えに行く」

「なにを着ればいいの？」

「なんでもかまわないが、少ないほどいい」

10

「本当に借りてもいいの？」ミッシェルはワインレッドのドレスの腰のあたりを手で撫《な》でつけてから、身をよじって背中を姿見に映した。

　月曜日の夜、ミッシェルは夕食のあとでルシールの部屋を訪れ、気取ったディナーパーティにふさわしい服を買うにはどの店に行けばいいかと尋ねた。ルシールはあれこれ質問してから、ちょうどいい服があるからと寝室に招き入れたのだった。

　確かに品のいいドレスだった。それでいてさりげない華やかさがある。前はいたってシンプルだ。胸元のつまったボートネックに、ぴったりした長袖《ながそで》。うしろは大胆に腰のあたりまで大きくV字形にくれて、ストラップが交差している。

「でも、なにかこぼしたらどうしよう？」ミッシェルは言った。

「ドライクリーニングに出せば大丈夫よ」ルシールはベッドに座り、友人の試着を眺めている。「どっちみちもう着ないのよ。去年の冬、デザイナーブランドの半額セールで買ったんだけど、一度着て懲りたの。一晩中男たちを追い払うのに苦労したんですもの。だから、少なくとも四キロやせるまではもう着ないって決めたのよ。でも、やせるなんてことはありえないわ。こんなにドーナツが好きではね。気に入ったのならあげるわよ」

「そんな、とんでもない！　もらうわけにはいかないわ。いくら半額だったからって、こんな上等なもの。見ればわかるわ。素材一つにしたってすばらしいもの。ぜんぜんしわにならないし」その生地はまた、ミッシェルの肌に第二の皮膚のようにぴったりと張りついている。確かにルシールの豊満な体では、男たちの間に暴動が起こるのも無理はない。背中がここまで開いていると、ブラジャーをするのも不可能だ。「それじゃ、なにかお礼をさせて」ミッシェルは言った。

「だめ。プレゼントだもの」

ミッシェルは感激した。「本当にいいの？」

ルシールの形のいい唇がほころぶ。「もちろんよ。私が着ると娼婦《しょうふ》みたいになっちゃうけど、あなたが着れば女神だわ。これでギャリソン家の女たちをやっつけてきて。いくら彼女たちだって、オーシーニを着てるあなたを見下すわけにいかないわ」

「オーシーニなの？　どうしよう！　ほんとに？」

「タグに書いてあるわ。結婚式のときに買った例のセクシーなサンダルをはいていけば、社交界の名花……っていうのはおおげさかもしれないけど、少なくともディナーパーティの花になれるわ。おまけに、あっという間に跡取り息子のベッドに招き入れられることにもなるでしょうね。結局のところ、彼の目的はそれなんだから。そうでしょう？」ルシールはきっぱりと言った。「このゲームのテーマはセックスなのよ、ミッシェル。それを忘れないで。あのカサノヴァは、あなたに結婚を申しこみたいからパパとママに引き合わせるわけじゃない。彼みたいな男が申しこんでくるのは、また一晩一緒に楽しもうってことだけよ」

ルシールが正しいことはわかっていても、こうまであからさまに現実を突きつけられると、ミッシェルの気持ちは沈んだ。

ルシールは眉間《みけん》にしわを寄せ、首をかしげた。

「今度はなんなの？」ミッシェルはため息をついた。

「そうよ、イヤリング！」ルシールは急いでベッドから下りながら言った。「そのドレスには耳からぶらさがるセクシーなイヤリングがいるわ。ちょうどいい黒水晶のがあるの。そっちはちゃんと返してもらうけど。それから、この間と同じ美容院に行って、髪をアップにしてくるのよ」

「アップ？」ミッシェルは疲れきったように繰り返した。「耳からぶらさがるセクシーなイヤリング？　いったいどこまでやればいいの？」

その週の間ずっと、ミッシェルは同じ疑問を持ちつづけていた。金曜日の夜に支度をしながらも、まだ同じ問いかけを繰り返していた。

しかし、支度が整い、その結果を鏡に映してみて、自分の姿に驚いた。一時的にせよ、すべての不安が頭から消え去り、ぞくぞくするような興奮がこみあげてくる。

試着したときもこのドレスはすてきに見えた。けれど、こうして髪をアップにし、メークをして、イヤリングをつけると、その効果は絶大だった。鏡の中には、洗練されたスタイルと上品なセクシーさをそなえた見知らぬ他人がいる。結婚式のときのブルーのドレスは愛らしかったが、これはまったく別のものだ。

ヒールの高い黒いサンダルをはくと、ミッシェルはゆっくりと円を描きながら、ドレスが体に沿って動くようすを眺めた。ぴったりと動きについてくるだけではない、その生地は動きに合わせてかすかにきらめいていた。先日の晩は、この控えめな輝きに気づかなかった。

そのとき、ふいにインターホンが鳴り響いた。七時十分前。タイラーが早く着いたのだろうか？　それとも……？

まさか、ケヴィン？　突拍子もない考えが脳裏をかすめる。いや、ありえない。彼はまだハネムーンの真っ最中だ。

それでも、不安が胸をさいなんだ。ミッシェルはためらいがちにインターホンのボタンを押した。

「どちら様ですか?」けげんそうに尋ねる。

「待ちきれなくなった哀れな男だよ」タイラーの声に、ミッシェルは思わず安堵《あんど》のため息をもらした。

「今月号をようやくおとなしく寝かしつけたんで、今夜はのんびりできそうだ」

「それはよかったわ」ミッシェルは言い、アパートメントの正面玄関を開けるボタンを押した。

それからベッドルームに戻り、彼が上がってくるまでの間にバッグを用意した。ドアのベルが鳴ったときには、ちょうどノウイングという名の香水をスプレーしたところだった。

「今開けるわ」ミッシェルは鍵《かぎ》を開けた。その気になれば、この靴でもこんなに速く走れるのかと自分でも驚きながら。「早かったのね」ドアを開けながら言う。

タイラーの顔に表れたショックの色と、自分の全身を眺めまわすようすに、ミッシェルは胸の震えるような喜びを覚えた。こんなに華麗な男性が、私をくい入るように見つめているなんて。

そう、彼には華麗という言葉がぴったりだった。タキシード姿のタイラーも光り輝いていたけれど、カジュアルなグレーのスーツにオープンネックのブルーのシャツを身につけた彼は、罪なほど魅力的だった。フルコースのディナーの間、どうしたらタイラーに飛びつかずにおとなしくしていられるか、ミッシェルには見当もつかなかった。

タイラーはゆっくりと首を横に振った。「君は本当にいけない娘《こ》だ」

ミッシェルはつんと顎を上げた。「どういうこと?」

「わかってるくせに。ここに来るまでにもう限界だったんだ。その姿を見てしまったら、夜が更けるまで、どうやってこらえたらいい? 出かける前にちょっとっていうのは考えていないよね?」

ミッシェル自身、ちらりと考えただけではない、実際その気になりかけていた。

だが、プライドに救われた。タイラーの言うことには絶対に素直に従わないという長年の習性も役に立った。そうすることは今でも意外に簡単だった。彼の腕に抱かれてさえいなければ……。

「百ドルかけたヘアスタイルをだいなしにしようっていうの？」ミッシェルはふんと鼻を鳴らした。「もちろんドレスもしわくちゃになるわ」

タイラーが再びドレスをしげしげと眺めた。「こっちも間違いなく百ドル以上はしただろうな」

「実はただだったの。ルシールがくれたのよ」

「ルシール？」

「このアパートメントに住んでいる親しい友達なの。このイヤリングも彼女のものなのよ。私がギャリソン家の人たちに好感を持たれたい一心で服に全財産をつぎこむと思ったら、大間違いですからね」

「そんなことは夢にも思わないよ」タイラーは冷ややかに言い返した。

「いずれにしても、出かける前にちょっとなんてありえませんから」

「だったら、なにか明日の朝着るものを持ってくるんだな。言っておくが、パジャマは必要ないよ」

ミッシェルはあっけにとられて彼の顔を見た。

タイラーは苦笑した。「僕のところに泊まるつもりでいてくれるものと思っていたけどね。僕だってディナーのときにワインも飲みたいし、少しでも飲んだら運転しないことにしてるんだ」

「それじゃ、ちょっとこのバッグを持ってて。用意してくるから」その点についてはミッシェルも反論するつもりはなかった。タイラーのところに泊まるのはずっと望んでいたことだ。彼を悩ませるためだけにこの機会を棒に振るのはばかげている。

それでも、昔からの習性というのはそう簡単には直らないものらしい。

「歯ブラシもちゃんと持ってきたわ」着替えと化粧品を入れたビニール袋を手に戻ってくると、ミッシェルは言った。「不意のお客様のためにあなたのところにもいくつか用意してあるでしょうけど、使い慣れているもののほうがいいから」

「ミッシェル」タイラーがとがめるように言った。

「なあに？」

「君は僕のことを誤解している」

「いいえ、あなたのことならちゃんと理解しているわ」

「以前はそう思われるのも悪くないと思っていたが、今ではもうそんな気は失《う》せたよ」

「ことわざにもあるじゃないの、豹《ひょう》の模様は一生変わらないって。性格なんてそう簡単には変わらないものよ」

「模様がペンキで描《か》いたものだったら？」

「え？」

「もういいよ。今夜は言い争いなんてしたくない。一週間ずっと楽しみにしていたんだ」

突然ミッシェルはタイラーに突っかかったことを後悔した。確かに彼は変わらないかもしれないけれど、これまで常に私に対して正直でいてくれたのは事実だ。そんな彼に対して、少なくとも私のほうも正直でありたい。ミッシェルはそう思った。

「そうね」小さくため息をつきながら言った。タイラーがくるりと振り返り、二人の目が合う。たとえこれがつかのまの関係だとしても、この瞬間、彼の瞳に燃えている欲望は見間違えようもなかった。

「君のことが欲しかった」タイラーはうなるように言った。「どうしようもないほど」

「私も」ミッシェルは愚かだと思いつつも本心を明かした。「仕事が手につかなかったわ」

「ディナーなんてもうどうでもいいって気分だな」

「だったらデザートのことを考えれば？　少しは気分が明るくなるんじゃない？」

「僕が欲しいデザートは、一人のかわいくてセクシーなブルネットだけだよ」

ミッシェルは頬がかっと熱くなるのを感じた。

「そ、そういうこと、あまり言わないで」

タイラーはにやりとした。「その気になりそうだから？」

「これ以上堕落させられたくないからよ」頭に浮かんでくる官能的な妄想を振りきるように、ミッシェルはつんとすまして答えた。

「まだ五分は余裕がある」タイラーはいたずらっぽく言った。「髪もドレスも乱さないって約束する。靴さえ脱がなくていい」

「もう、さっさと行って！」ミッシェルは手にしたビニール袋でたたいてタイラーを追いたてた。

11

ギャリソン家の屋敷は、ポイント・パイパーの東の高級住宅地の中でも湾を見おろす一等地に位置していた。防犯用の高い石の塀に囲まれ、その入口には電動式の門がある。タイラーは驚くほどの落ち着きで車を門の中へと進めた。

しかし、砂利敷きの車まわしを通って大理石の支柱が並ぶポーチへ行こうとはせず、母屋の横にある大型のガレージへ直行した。シャッターを開け、緑のホンダ・レジェンドを青いＢＭＷと赤いマツダが並ぶ右隣に入れる。ミッシェルがまだ車を降りないうちに、二人の背後でシャッターが静かに閉まった。

「クリオの車？」二台分離れた壁沿いにシルバーブ

ルーのアストン・マーティンがとめてある。泥よけがへこみ、ドアに大きな引っかき傷があった。

「ああ」タイラーが答えた。「絶対に近くにはとめないことにしてるんだ。あいつの運転は異常だからね」

「お兄さんとは違ってってことね。彼はなぜか突然保守的な車に乗り替えて、安全運転をするようになったもの。ひょっとしたら、もう違反ポイントが残り少ないのかしら？」ミッシェルはからかった。

「そうじゃないよ」タイラーは真剣な表情で言った。「これが新しい僕、模様のない豹《ひょう》なんだ」

「あらまあ、それはご立派だこと」

「そう思ってもらえるとありがたいね」

「それで、私の荷物は車に置いておく？　それとも、今あなたのところに先に置きに行ってしまう？」テラス付きの庭とプールのわきを通ってタイラーの住む改造ボートハウスまで行き着くには、かなりの距離がある。

タイラーは目をきらりと輝かせた。「車に置いていったほうがよさそうだ。今君と二人きりになるのは危険だからね」

ミッシェルは笑ったが、内心は同じ気持ちだった。二人で狭い場所に閉じこめられ、車内にはずっとセクシーな緊張が漂っていた。

そして今、車のボンネットをはさんでタイラーと向かい合いながら、ミッシェルは考えていた。彼が私とつき合っている理由はやはりセックスだけなのだろうか？　豹の模様についての話もただの議論にすぎないのだろうか？

タイラーは昔からミッシェルと言い争うのが好きだった。大学時代から、彼女が白と言えば黒と言い、わざと議論を吹っかけてきた。今にして思えば、ああしてお互いをやりこめようとしているうちに、一種の愛憎関係が生まれていたのかもしれない。議論は知的な刺激であると同時に、ミッシェルの神経を逆撫《さかな》でするものでもあった。言葉だけではすまず、肉体的に攻撃してやりたいと思うこともしばしばだった。ちょうど、さっきビニール袋でタイラーをたたいたように……。

それも、ただ彼に触れる口実が欲しかっただけなのだろうか？　どんな形にせよ……？

そして今、タイラーとつき合うことにしたのもそのためだろうか？　十年間抑えつけてきた欲望を、ようやく満たそうとしているのだろうか？

「タイラー」ミッシェルは答えの出せないまま呼びかけた。

タイラーのハンサムな顔に不安の影が差す。「その口調はどうも危険だな」

「ちょっと考えていたんだけど……」

「ますます怪しい」

「からかわないで。ねえ、これ以上嘘《うそ》を続ける必要はないわ。つまり……もうケヴィンの結婚式は終わったんだし……」

タイラーの瞳が寒々としたブルーに変わった。ミッシェルにはその氷のような怒りに対する覚悟ができていなかった。「そのことについてははっきり言ったと思うけどな、僕にとってこれは嘘でもなんでもないって。ミッシェル、僕は――」

「違うのよ」荷物を助手席にほうりこみながら、ミッシェルは言った。車のドアを閉め、先を続ける。「そういう意味じゃないの」彼女は車の前をまわり、運転席側のタイラーに歩み寄った。「ねえ」今度はもっと慎重に言葉を選んだ。「私たち、欠点はいろいろとあるけど、少なくともお互いに対して正直だったでしょう？　あなたは私のことをばかだと言い、私もあなたに、その、いろいろとひどいことを言ってきたけど、ほとんどは当たっていたと思うの。でも、私が言った言葉の中には、なにか別の感情に刺激されてつい口走ってしまったこともあったんじゃないかしら。あなたは、ずっと昔から私とベッドをともにしたかったと言ったわね。あるいは私もそうだったんじゃないかと思えるの。ひょっとしたら大学で初めて会った日から……。あのころ私が本当にしたかったのは、あなたと喧嘩《けんか》することじゃなくて、あなたと愛を交わすことだったのかもしれない」

タイラーがショックを受けているのは、彼の瞳にはっきりと表れていた。そしてしぐさにも。彼は肩をいからせ、背筋をこわばらせて、まっすぐに立っていた。

とっさにミッシェルは自分の過ちに気づいた。意図していたのとはまったく違うニュアンスになってしまった。これではまるで、今までずっとタイラーに片思いをしてきたと打ち明けているようなものだ。タイラーのような男が一番苦手とする話だろう。おまけに、彼は私のことをいつもセンチメンタルすぎる、恋愛にのめりこみすぎるとたしなめていた。思いのたけをすべて相手の男性にぶつけ、捨てられてもなおしがみつくタイプだと思われているのだ。

タイラーはおそらく、今にも愛の告白をされると恐怖におののいているに違いない。

今夜を待たずして捨てられるかもしれないという不安に襲われたミッシェルは、少しでも被害を小さくしようと考えて、タイラーの上着の襟を撫で、彼にほほえみかけた。「私ったらばかね。〝愛を交わす〟だなんて。ただ率直に〝セックスする〟と言えばいいのに。だって、心ではケヴィンを愛しているのに、ほかの人と愛を交わすことなんてできるはずがないもの。でも、言いたいことはわかるでしょ？ 女にとっても、セックスは愛とはまったく別のものなのよ。先週末、私もやっとそれを学んだの」

タイラーは彼女の手を振り払った。

「だって、そうじゃないの！」ミッシェルは言い張った。「そんな怒ったような顔をすることはないでしょ？　女にも欲望はあるのよ。ある男性を愛しながら別の男性とベッドをともにしたいと思うことはいくらでもあるの。認めなさいよ、タイラー。あなたはうっとりするほど見栄えがいい。そのことは、どんなに険悪なムードのときでもずっと思っていたわ」タイラーの怒りがおさまりかけているのがわかると、ミッシェルはもう一度、ここ一週間ずっと抱きつづけてきた疑問を解こうとした。「健康な異性愛者の女性なら、あなたのことをひそかに妄想しないわけがないのよ。でもだからって、あなたが私を求めたことの説明にはならないわ。いつもは百点満点の外見の相手としかつき合わないくせに。ねえ、この際だからはっきりききたいの。どうして私とベッドをともにしたいと思ったの？　ケヴィンの恋人で、禁断の果実だったから？　それとも、私が一目であなたにすがりつかなかったから、逆に落としてみたくなったの？　ケヴィンに言わせれば、あなたが私みたいな十人並みの女と寝るなんて、単にプライドを満足させるためだけじゃないかって」

　ケヴィンの話を持ち出すつもりはなかった。ただ真実が知りたいだけだった。けれど、いつもタイラーを前にするとそうなってしまうように、ミッシェルはついむきになっていた。いったい彼になにを言わせようというのだろう？

　あやまろうとしかけたとき、タイラーの手がいきなりミッシェルの両肩をつかみ、ぐっと引き寄せた。だが、彼女が予想したようにキスをしてはこなかった。彼はただ、驚いたミッシェルの顔を、凍えそうなほど冷たい笑顔で見おろしているだけだった。

「僕のことは全部わかってると思っているんだろう？」危険なほど穏やかな声で彼は言った。「あいにく君はなにもわかってはいない。ケヴィンの意見についてだが……あんなやつに僕の考えを勝手に決めつけられたくないね。まあ、確かにプライドがかかわっていることは認めるよ。君と同じように。そうさ、君もたいしたプライドの持ち主だ。なにがあってもプライドを失うまいとしている。だからケヴィンを何度でも取り戻そうとしたんだ」

タイラーの言うことが必ずしも的はずれでないのはわかっていた。それでも、実際言葉にして言われると、無性に腹が立った。

「いったい僕になにを言わせたいんだ、ミッシェル？」タイラーはなじるように言った。「一目見たときから君を好きだったって？ 十年間、ベッドの中でも外でも、君と一緒にいることを夢見てきたって？ 君が浴びせるひどい言葉に耐えてきたのも、君に夢中だったからだって言わせたいのか？」

その言葉はミッシェルにとって、肩にくいこむ彼の指以上に痛かった。「それじゃ答えになってないわ」さっきの罪の意識は消え、ただ怒りだけが残っていた。

「正しい答えなんてないんだよ。あるのは、いけない答えだけだ。根本的な事実としては、僕は一目見たときから君を抱きたかった。そしてそう、君がまったく僕の存在に気づいてくれないから、どうしようもないほどいらだっていた。君がケヴィンといちゃいちゃしてるのを見るたびに、吐き気を催しそうになったのも事実だ。それに君が彼とよりを戻すたびに、耐えられないほどの怒りを感じたのもね！」

「だったらなぜ私を口説こうとしなかったの？ ケヴィンと別れたことは何度もあったのに」

「なぜなら、君がまだやつをあきらめてないとわかってたからさ。僕だってむげにふられたくはないからね」

「そこまでして抱きたくはなかったってわけね？ あなたが本気で口説こうと思ったら、拒める女なんていないのに」

「それはどうも。言われてみれば確かにそうだな。そのころには、君を抱くことは僕にとってさほど重要じゃなくなっていたんだろう」

「よくもまあ……」胸の痛みと屈辱で頬がかっと熱くなった。ミッシェルは身をねじってタイラーの手から逃れた。「どこまでひどい男なの」頬を打とうとして上げた手を、彼がつかむ。すかさずもう一方の手を上げると、そちらもとらえられた。

「だが、それも先週末までのことだ」ミッシェルを車のドアに押しつけながら、タイラーは言った。「今では、君とセックスをすることは危険なまでに重要になってる」彼は体をぴったりと重ね合わせた。「必要不可欠になってるんだ。食べ物や水や空気のように、それなしでは生きられないんだよ。ああ、ミッシェル……」

　飢えたようなキスという表現さえ十分ではなかった。それは、ミッシェルがこれまでまったく経験したことのないものだった。タイラーのキスは、肉体的な喜びを超越した興奮を誘った。必要とされたいという彼女の弱点に訴えかけるものだった。

　たとえセックスだけだとしても、それはケヴィンに感じたいかなるものよりも強く、ミッシェルを揺さぶっていた。彼女の中の女としての本能を呼び覚まし、彼に支配されたいという欲望に火をつけた。

　胸のふくらみが、タイラーの厚い胸板に押しつぶされる。ミッシェルが降伏を示すように身をそらすと、彼は意味不明の言葉をつぶやき、唇を離した。

　ミッシェルは引きとめるようにうめいた。しかし、タイラーはやめたわけではなかった。彼の唇は別の対象を見つけただけだった。その唇が、あらわになった彼女の喉元をとらえる。

　タイラーにいきなり手を放されて、ミッシェルはあわてててのひらを車体に押しつけた。膝の力が完全に抜け、さもないと地面にくずおれてしまいそうだった。彼の手は今、ミッシェルの腰のあたりでドレスのスカートをつかみ、彼女の腿をむき出しにしている。タイラーがなにをするつもりかわかっていても、あらがう気はなかった。求められるものはすべて与えるつもりだった。

そのとき、ガレージのドアが開く音がし、続いてぞっとするような沈黙が広がった。タイラーの手と唇は動きをとめた。ミッシェルの心臓も一瞬打つのを忘れていた。

ミッシェルは閉じていたまぶたを開けた。

開いた戸口に、クリオが立っていた。真冬の湖のようなブルーの瞳でこちらを眺めている。ペールブルーのシルクのパンツスーツにクリーム色のキャミソールという洗練されたいでたち。パールのアクセサリーをつけ、ブロンドの髪はアップにしている。ミッシェルのようなソフトなシニヨンではない。完《かん》璧《べき》な美貌《びぼう》の持ち主でなければきつく見えてしまいがちな、きっちりしたアップスタイルだ。

そこでようやくクリオは口を開き、冷たく厳しい口調で言った。「せっかくのところをおじゃまして申し訳ないけど、お兄様、ママがなにをこんなに手間取っているのかって心配してるわ。もう少ししたら行きますって言っておきましょうか？」

ミッシェルは恥ずかしさのあまり、この場で死んでしまいたかった。

タイラーはかすかに身を震わせてからミッシェルのスカートを直し、彼女をまっすぐに起こした。

「そんなに気取ることもないだろう」彼は妹の方に向き直りながら言った。「おまえだって、もっとあられもない格好を見られたことがあるじゃないか。つい夢中になってしまっただけだよ。ミッシェルと会うのは一週間ぶりなんだ。無理もないだろう？　すまない、ダーリン」まだ震えているミッシェルに声をかけ、やさしくほほえみながら腰に腕をまわす。

「クリオ、お小言ならあとで聞く。先に行っててくれ。僕らもすぐあとから行くから」

「ミッシェルをそんな格好で両親に会わせるの？　テキサス並みの大きなキスマークをつけて」

ミッシェルは反射的に問題の箇所を押さえた。恥ずかしさに顔から火が出そうだ。

タイラーがその手をどかし、しげしげと眺めた。

「そうだな。化粧道具は持ってる？」

「あ……口紅だけ。それも車の中よ」

タイラーはミッシェルの唇を見た。「これだけピンクなら口紅は必要ないな。すまなかった」彼は本当に申し訳なさそうなまなざしを向けている。

「まったく、仕方ないわね。私の部屋にファンデーションがあるから、それでなんとかするしかないわ」クリオがいらだたしげに言った。「ミッシェル、一緒に来て。タイラー、もういいかげんいちゃいちゃするのはやめて、さっさと応接室へ行って。ヒューったらかわいそうにパパから質問攻めにあってるし、ママもいらいらしはじめているわ。あいにくアイヴィー叔母さんとジョン叔父さんは来られないから、今夜は私たち六人だけなのよ」

「ここは言うとおりにしたほうがよさそうだ」タイラーがミッシェルの耳元でささやいた。「喉がまるでドラキュラに襲われたみたいになってる」

タイラーのやさしさに、さっきの怒りはおさまっていた。ミッシェルはからかい半分で言った。「ボートハウスに柩《ひつぎ》が隠してあるんじゃないの？」

タイラーが笑った。「ばれたか。さあ、クリオと行っておいで。僕はかわいそうなヒューを救いに行く」

「かわいそうなヒューって？」ミッシェルはクリオのあとについて狭い裏の階段をのぼりながら尋ねた。

「結婚しようかと思っていた男性よ。でも、今夜のみっともないようすを見て、考え直しているところ。

恋人が父親の前でおどおどするくらいがっかりさせられることってないもの。さあ、ここよ」部屋に着くと、クリオはドアを開け、ミッシェルを招き入れた。

ミッシェルの想像とはまったく違っていた。クリオに似合う洗練されたインテリアを思い描いていたのだが、その部屋は女の子らしいひたすらロマンチックな内装だった。ピンクと白で統一され、フリルやレースがあふれている。

「わかってるわよ」クリオが冷ややかに言った。「ひどい趣味でしょう？　十歳の誕生日に母が模様替えしてくれたの。そのころからもう嫌いだったわ。でも、母にはどうしても言えなかった。母自身が子供のころにこういう部屋に憧《あこが》れていたけれど、どうしてもかなわなかったんですって。それを聞いたらたまらなくなって、母を抱き締めて、一生大切にするって言っちゃった。今ではなにがあっても変えないつもり。ここにいると子供のころのことを思い出すの。大人になって、ものの見方がゆがんでしまう前の幸せな時期をね」

ミッシェルはクリオの思いがけない告白と、その瞳に表れた穏やかな光に驚いていた。

だが、見つめられていることに気づくと、クリオはまた表情を硬くした。「ねえ、せっかく二人きりになれたんだから、これを機会にはっきり言っておきたいことがあるの」

「なあに？」ミッシェルは心の中で身構えた。

「兄には首を突っこむなって言われたけど、一言警告しておくわね。もし兄を傷つけるようなことをしたら、この私が――」

「タイラーを傷つける？」ミッシェルは驚いてさえぎった。「どうやったら私にタイラーを傷つけることができるっていうの？　それじゃ、まったく逆じゃないの。捨てられるとすれば私のほうだわ」

「それはどうかしら」クリオが険しい口調で言った。

「どういうこと？」

「なんでもないわ」クリオはつぶやくように言って、鏡台の引き出しをかきまわした。「これ以上は言わないほうがよさそうだから」

「そのとおりよ。タイラーも言ったとおり、私たちのことはあなたにはなんの関係もないわ。だけど、そっちがそういう態度なら、私のほうも一つきかせてもらうわね。どうしてそんなに私のことを毛嫌いするの？　ケヴィンとつき合っていたころからそうだったでしょう？」

クリオはスティック状のファンデーションを手に振り向いた。「本当に知りたい？」

「ええ、知りたいわ」

「そうね、まず手始めに、あなたが兄のパーティにきちんとした格好をしてこないのがいつも癪《しゃく》にさわってたわ。フォーマルなパーティでも、あなたはまったく服装におかまいなしだった。でも、それはもう過去のことのようね。それ、オーシーニでしょう？　見ればわかるもの。つまり、あなたの目的が変わったってことかしら？」

「目的？」

「しらばくれないでよ。兄に狙《ねら》いを定めたんでしょう？　兄との結婚が野望のためか、それともケヴィンへの腹いせのためかはわからないけど」

ショックのあまり、ミッシェルはしばらく声も出なかった。「どうしたらそんなひどいことが言えるの？　私がいつかだれかと結婚するとしたら、その人を愛しているからよ。お金のためでも、まして復《ふく》讐《しゅう》のためでもない。あなたみたいな人は愛以外の理由で結婚するのかもしれないけど、私にはそんなことは考えられないわ。もうファンデーションのことは忘れて。さっさとここから出ていくから」

パニックがクリオの表情から敵意をかき消した。

「だめよ、帰すわけにはいかないわ！　兄に殺されちゃう！」

「それは困ったわね。今帰らないと、私があなたを殺しそうなのよ。私にとどまってほしいって言うのなら、さっきのことをあやまって。そして、せめて今夜は礼儀正しく接するって約束して」

　クリオは一瞬ブルーの瞳に炎を燃えたたせてから、しぶしぶ負けを認めた。「悪かったわ。言いすぎたみたいね。ただ……」

「ただ、なんなの？」

「なんでもないわ。メークをしてしまいましょう」

　クリオがファンデーションで痣《あざ》を隠す間、ミッシエルは身をこわばらせて立っていた。

「兄ったら、両親に会わせる前にキスマークをつけるなんて、なにを考えているのかしら」クリオがつぶやいた。

「愛とはなんの関係もないのは確かね」ミッシェルは沈んだ口調で言った。「だから、あなたがなにを思ってるか知らないけど、全部取り越し苦労なのよ。私の目的がなんであれ、タイラーが私と結婚するなんてありえない。彼が求めているのは、あなたがガレージで目にしたことだけ。さっきも言ったけど、この関係で傷つくのは私のほうなの」

　クリオは手をとめ、眉をひそめてミッシェルを見た。「兄のことが本当に好きだって言うの？」

「自分でも困るくらいにね。でも、タイラーには黙ってて」

「どうして？」

　ミッシェルは笑った。「だって、私に愛されるなんて、タイラーが一番恐れていることだもの。ねえ、クリオ、本当にあなたってお兄さんのことをなにも知らないのね。さあ、これくらいでいいわ。早く階《し》下《た》に下りないと、タイラーがさがしに来るわよ」

12

クリオは豪華な正面階段を通ってミッシェルを応接室へ案内した。この部屋に入るのはミッシェルは初めてだった。タイラーのパーティのときはいつも立入禁止になっていた。

室内のようすを見て、なるほどと思った。贅沢《ぜいたく》な布の張られたソファや椅子、細かな彫刻をほどこしたテーブル類、繊細な陶器の置物、どれをとっても騒がしいパーティ狂の若者たちにあってはひとたまりもないものばかりだ。クリーム色の絨毯《じゅうたん》だけでも一晩ともたないだろう。

ミッシェルの視線は入口の正面にある大きな暖炉に引きつけられた。タイラーと、ケヴィンの結婚式のときにクリオと一緒にいた黒髪の青年が、大理石の炉棚をはさんで立っている。

〝かわいそうなヒュー〟は緊張ぎみに飲み物のグラスをてのひらでころがしていた。タイラーははるかにリラックスしたようすでスコッチのオンザロックを飲んでいる。ミスター・ギャリソンは大きなリカーキャビネットの前で強そうな酒をついでいた。ミセス・ギャリソンはマティーニを口に運びながら、金のブロケードのソファに優雅に腰を下ろしている。

ミセス・ギャリソンは美しいドレープを描く黒のドレスをまとっていた。デザイナーの名前まではわからなくても、非常に高価なものだということは予想がつく。胸元や耳を飾っているのも本物のダイヤモンドに間違いない。

タイラーはレーザー光線のように鋭い目で妹を見た。次いでその目はミッシェルに向けられ、そこで急にやわらいだ。彼の温かなほほえみに、ミッシェルの胸はきゅんと締めつけられた。そのとき、なによりも衝撃的な考えが頭にひらめいた。私はプレイボーイのタイラーのことがただ好きというだけではない。彼に恋してしまっているのだ。

狼狽《ろうばい》に立ち尽くしているところに、ミセス・ギャリソンが声をかけた。「やっと現れたわね」親しみのこもった口調だった。クリオのように気取った上流のアクセントではない。「こっちへいらっしゃいな、ミッシェル。ここに座って。タイラーは何度もパーティに来てくれたと言うけど、どうして今までゆっくりお話もできなかったのかしらね」彼女はそばのクッションをぽんぽんとたたき、ほほえみかけた。ミッシェルが想像していたのとはまったく逆の印象だった。

「私、ケータリング業者のようすを見てくるわ」クリオが言い、部屋を出ていった。

残されたミッシェルは一人で部屋を横切った。ふかふかの絨毯にピンヒールを引っかけそうになりながらも、なんとかころばずにソファに腰を下ろした。

「実を言うと、お会いしたことも覚えていないの」ミセス・ギャリソンが照れたように言った。「ひどいわよね。まあ、私が人の名前や顔を覚えられないのはいつものことなんだけど。そうよね、タイラー？ ミッシェルに飲み物を持ってきてあげて。好みはちゃんとわかっているでしょう？」

「僕の見たところではシャンパンだな」

父親の隣で飲み物をつぐタイラーを、ミッシェルは恋する瞳で見つめた。いったいいつのまに彼に心を奪われてしまったのだろう？ まだケヴィンに捨てられた傷も癒《い》えていないと思っていたのに。

そのとまどいに、すぐに怒りが加わった。タイラーときたら、どうしてこんなに夢中にさせたりするの？ 愛してほしいなんて思ってもいないくせに。私だって愛したくなんかないのに。私はただ、彼が約束してくれた喜びが欲しかっただけなのよ。傷が癒えるまで、ただふわふわと浮かんで、この瞬間を、そしてそう、彼とのセックスを楽しんでいたかっただけなのよ。

　それが今、私は新たな究極の痛みと闘わなくてはならない。悲劇は確実に迫っている。

　もしルシールが言っていたことが本当だったらどうしよう？　タイラー・ギャリソンは簡単に忘れ去ることのできる男ではないとしたら……。

　ミッシェルの視線はタイラーの動きを追っていた。ハンサムで、移り気なタイラー。眺めているだけで胸が張り裂けそうだった。

「タイラーから聞いたわ、広告代理店で働いているんですってね」ミセス・ギャリソンが言った。「若いのにずいぶん責任のある立場なんですって？　きっととても有能なのね」

「有能なんてものじゃないよ」タイラーがミッシェルにグラスを運んできた。「この間なんて、『スピードで勝負』でこの僕を負かしたんだ」

「別に不思議はないんじゃない？」彼の母親が言った。「自分ではなんでも知ってると思っていても、まだまだ知らないことがたくさんあるのよ」

　タイラーは笑った。「大丈夫。次はもう負かされないよ。ちゃんと訓練してるからね」彼はミッシェルにウインクしてみせた。

　それがいかなるゲームであろうと、今後タイラーと一緒に興じることを思うと、ミッシェルは思わずうめき声をもらしそうになった。彼女の防衛本能は、今すぐここから逃げ出せと叫んでいた。

　それでもミッシェルはなんとかとどまり、笑顔を作った。その晩、彼女は口元が凝ってしまうほどひたすらほほえみつづけていた。

　予想に反して、タイラーの両親はとても感じがよかった。親としても最高だ。タイラーとクリオを大人として扱いつつ、愛情で包むことも忘れない。ヒューが質問攻めにあったのもそのためだろう。クリオと結婚するためには、どうしても父親の眼鏡にかなわなければならないのだ。幸いにしてヒューはメインディッシュのあたりで立ち直り、かなり自信を持って話せるようになっていた。

クリオの表情もさっきと比べてかなり明るくなっている。

父は、私がだれと結婚しようとなんとも思わないだろう……。ミッシェルはふと寂しさを覚えた。大学を卒業し、就職が決まったのを機に家を出ると言うと、父はあからさまにほっとした顔をした。

それにひきかえ、タイラーの父親は子供たちにいつまでも家にとどまってほしいようだ。ミスター・ギャリソンは大柄でたくましく、射るようなブルーの瞳が印象的だった。ハンサムな顔は長年のマリンスポーツで日焼けし、深いしわが刻まれている。

「あの雑誌に関しては、息子は本当にいい仕事をしてくれた」デザートの途中で、彼はうれしそうにミッシェルに言った。「これで私も心おきなく引退できる。あとは花嫁でも見つけてくれれば、なにも心配はいらないんだがな」

ミスター・ギャリソンに向かって数箇所から矢のような視線が飛んだ。とりわけ目立ったのはタイラー本人だ。彼は二個目のマンゴーチーズケーキを食べる手をとめ、顔を上げて父親をにらみつけた。

「わかった、わかった。〝結婚〟の二文字は禁句だったな。だが、息子には一日も早く家庭を持って落ち着いてもらいたいというのが、世の父親の願いなんだ。どう思うかね、ミッシェル？　タイラーの話だと、君は十年来のいい友達だそうじゃないか。息子もそろそろ結婚すべき年だとは思わないかね？」

ミッシェルは一呼吸おき、はやる胸の鼓動を抑えた。「そうですね……」落ち着いた口調に聞こえるようにと願いながら答える。「タイラーもいずれその時期がきたら考えるんじゃないでしょうか。彼はいつも欲しいものはちゃんとわかっていますし、今までも必ず手に入れてきました。もし家庭を築きたいと思ったら、すぐにもかわいい女性を見つけて見事に説き伏せるんじゃないでしょうか」

「なるほど」ミスター・ギャリソンが言った。「そのとおりだな。私も少しは息子のことを信じてやらないと」

「その〝息子〟もここにいるんですけどね」タイラーが不満げに言った。「本人の意見は聞いてもらえないんですか？」

「だったら言ってみなさい」父親が促した。「おまえは結婚についてどう思っているんだ？」

「実は、僕の結婚に対する見方は、今日みんなにここに集まってもらった理由そのものなんです」タイラーはワイングラスを手に立ちあがった。ディナーの間、すでにかなりの量を飲んでいるはずだ。「ですから答えるかわりに、乾杯の音頭を取らせてください。すばらしい僕らの両親に、そして二人の三十五回目の結婚記念日に。あなたがた二人は、まさに僕の考える結婚の理想、すなわち愛情に支えられ、同じゴールをめざす、真のパートナーシップを実現されました。僕自身はそういう関係をともに築ける女性に出会うまで、そんな多大な責任を負うことなど考えられません。だからこそ、運命の相手にめぐり合い、日々その相手を慈しんで生きてきた男に、心からの称賛を送らずにいられないのです。父、リチャードに、そして美しき母、マリオンに！」

　ミッシェルはあっけにとられてタイラーの顔を見た。女性に対してあれほど軽薄な男性に、どうしたらこんな感動的なせりふが言えるのだろう？　ひょっとしたら、彼はまだ運命の相手に出会っていないだけなのだろうか？

それにしたって愚かだ。ほんの二、三週間で相手を取り替えていては、その相手のことなんてよくわかるはずがない。こんな温かい家庭に育ったのだから、もう少し精神的な深みがあってもいいのに！けれど、タイラーはそんなろくでなしではない。それははっきりとわかる。あるいはハンサムで金持ちなのが災いして、遊びでもいいからつき合いたいという女たちがあとを絶たないせいで、悪い癖がついてしまったのだろうか？

そう、私みたいな女たちが……。

「ここでもう一度、乾杯にご唱和ください」タイラーが言った。

ミッシェルは目の前のことに集中しようと努めた。たとえ明日の朝つらい決断をすることになっても、今はまだ考えなくていい。

「我らがヒューに」タイラーは言い、クリオに向かってウインクした。「プレッシャーにもめげず、なんとか持ちこたえている彼に乾杯！」

一同は笑いながらヒューに乾杯した。さらにクリオに、雑誌の最新号にと乾杯が続いたところで、タイラーの母親は息子が完全に酔っているという結論に達したらしい。「そろそろ濃いコーヒーでもいれてきたほうがよさそうね」

ディナーがすむと、タイラーの両親は寝室に引きあげ、ヒューはクリオをどこかのクラブへ連れていった。ミッシェルとタイラーは車から彼女の荷物を取り、歩いてボートハウスへ向かった。

夜気は冷たく、心地よかった。頭上には満天の星がまたたいている。歩きながら、タイラーがミッシェルの肩に腕をまわして抱き寄せ、唇に軽くキスをした。

あまりにもやさしいしぐさに、ミッシェルの心は揺れた。これは愛なんかじゃない。ただ体を求められているだけよ。もう明日のことは考えてはだめ。

これがタイラーとの最後の夜になるのだから。今夜はただ全身全霊で、彼のことを愛するだけ……。

「家族のこと、どう思う？」ボートハウスのドアを開けながらタイラーが尋ねた。

「すてきなご両親だわ」

「クリオは？」

「多少はつき合いやすくなったかも……」

「あいつは君のことが気に入りだしたみたいだ。あれもけっこう顔に出るタイプだからね」

「でも、それがなんになるの？」意味のない質問の連続に、ミッシェルはいらだちを抑えきれずに言った。だが、ボートハウスに足を踏み入れた瞬間、驚きに足をとめた。「まあ！　見違えたわ！」

そこはかつて、ジュークボックスとビリヤード台と大きなバーがしつらえられた男たちのたまり場だった。

「気に入った？」タイラーがきく。

「ええ」それが今は、カントリー風の落ち着いた内装に一変している。パーティを催すためではなく、くつろぐための場所だ。「いつ改装したの？」

「新年に。クリオが手伝ってくれた」

「階上《うえ》も？」上階にはロフト式のベッドルームがあり、以前は巨大なウォーターベッドが置かれていた。

「ああ、全面的に変えたよ。いらなくなったものは、クリオがチャリティに寄付してくれた」

ミッシェルはタイラーに手を引かれて階段をのぼった。改装した寝室にはカントリー調の木製のベッドが置かれ、海図模様のカバーでおおわれていた。

唯一変わらないのは、窓からの景色だ。ベッドの足の方の窓は床から天井までの一枚ガラスになっていて、その向こうには港の景色が広がっていた。昼間ならほかの船に寝室のようすがまる見えになってしまうところだが、夜、明かりを消していれば外から見られる心配はない。

「ここで全部の明かりを消すことはできる？」ミッシェルは尋ねた。

「ああ。なぜだい？」

「消して」

タイラーは言われたとおりにした。ミッシェルは美しい夜景にため息をついた。ロマンチックな夢がそのまま現実になったようだった。そして、これは忘れられない思い出になる……。

車やインテリアは変えられても、タイラー自身が変わることはない。でも、今はもう考えないでと、ミッシェルは自分に言い聞かせた。夜はあまりにも短いのだから。

彼女はタイラーに歩み寄り、ゆっくりと上着を脱がせた。なにかしゃべろうとする彼の口を人さし指でふさぐ。「しーっ。今夜はずっとこうしたかったの。もう待てない。私の思うとおりにさせて……」

13

ミッシェルは目覚めるとすぐ、タイラーが隣にいないのに気づいた。寝ている間に引き寄せたのだろう、羽毛布団にすっぽり包まれている。それともタイラーがかけてくれたのだろうか？

室内を見まわしたが、姿が見えない。そのとき、一枚ガラスの窓の前、肘掛け椅子の背もたれの陰から手だけがちらりとのぞいた。タイラーの右手は肘掛けにマグカップを置こうとしている。

ベッドわきの時計付きラジオは五時五分を示していた。窓の向こうでは、夜明け前の鈍い光が水面に広がり、ゆっくりと闇《やみ》を追いたてている。

「タイラー？」ミッシェルは静かに呼びかけた。

「こんな早くになにをしてるの？　眠れないの？」

「よくあることだよ」

その声の殺伐とした響きに、ミッシェルははっとした。「どうかしたの？」

「別にどうもしない」抑揚のない声が返ってきた。

「でも、なんだかようすが変よ。こっちに来て話してくれない？」

「僕のことはかまわずに寝ててくれ」

「でも――」

「寝ててくれと言ってるのがわからないのか！」タイラーは声を荒らげた。

そう言われても、ミッシェルはとうてい寝ていることなどできなかった。羽毛布団を体に巻き、肘掛け椅子に近づいていくと、そのかたわらの床にひざまずいた。タイラーは裸のまま座っていた。だが、ミッシェルには彼の裸体よりも寂しげなまなざしのほうが気になった。こんなタイラーは見たことがない。いや、入院したときの彼はこんなふうだったかもしれない。でも、今のほうがなぜか重傷に見える。

「タイラー、ダーリン」ミッシェルはタイラーの膝に手を置いてつぶやいた。

彼は笑った。「なんだい、ミッシェル、ダーリン？」その言葉にはどこか皮肉めいた響きがあった。

ミッシェルは手を引っこめ、タイラーの顔を見あげた。「いったいどうしたっていうの？」

タイラーは疲れきったようにため息をついた。

「君に説明するなんて不可能だよ。ただ、変われると思っていたのに、どうしても変わらないってことに気づいたというところかな。しょせんは自分でまいた種だけどね」

「よくわからない……」いや、ミッシェルにはわかるような気がした。タイラーは彼自身が変われないことに気づいたのだ。女性たちを愛しながらも、一人の女性を愛することはできないのだと。「お父様がおっしゃってたこと、気にしているのね？」

タイラーが驚いたように彼女の顔を見た。

「結婚して喜ばせてあげたいけど、どうしても無理だと思っているんでしょう？　それでいいのよ、タイラー。愛のない結婚なんてすべきじゃないわ」

「君はどうなんだ、ミッシェル？　いずれは結婚しようと思っているのかい？」

ミッシェルは首を横に振った。「いいえ……無理だと思うわ」ルシールの言葉は正しかった。ケヴィンのことなら忘れられても、タイラーを忘れるのは不可能だ。彼を超える男なんて、絶対に現れるわけがない。話を切り出すなら、今がいい機会かもしれないと思えた。「朝になったら話すつもりだったんだけど……私たち、ただのいい友達に戻れないかしら？」

タイラーが鋭いまなざしを向けた。「なぜだい？　もう僕とのセックスでは満足できないのか？」

「そんなはずないでしょ。わかってるくせに。だけど……」

「だけど、なんなんだ？」

「それだけじゃだめなの」

「なにが足りないっていうんだ？　愛を交わすには愛がないとだめだって言いたいのか？」

「まあ、そんなところね」

「それで君はどうするんだ？　これから先、ずっと禁欲主義を通すのか？」

「たぶん」

「あんなに夢中で愛を交わせる女性が、セックスをあきらめるなんて、とても信じられないね。君はやはり男に奉仕して興奮するタイプなんだな。そうだろう？　ケヴィンが何度もよりを戻そうとしたのもわかる気がするよ」

ミッシェルは身をこわばらせ、傷ついた瞳を大きく見開いた。

タイラーが苦しげなうめき声をもらした。「悪かった。そんなつもりじゃなかったんだ。頼むよ、そんな目をして見ないでくれ。ただ、ふと思ってしまったんだ、君は僕をケヴィンだと思ってああいうことをしてるんじゃないかって。そんなのたまらないんだよ。僕のためにしてほしいんだ」

「あなたのためにしてたのよ」涙がこみあげてきた。「どうしてわからないの？　それとも、もう愛されていることにさえ気づかなくなってしまったの？」

タイラーはまるで殴られたように呆然《ぼうぜん》とした顔になった。

取り返しのつかないことを言ってしまった。ミッシェルは立ちあがり、彼に背を向けた。「ごめんなさい。こんなことを言うつもりじゃなかったの。あなたを愛するつもりもなかった。でも……いつのまにか……」背後にタイラーの気配を感じ、ミッシェルは身をこわばらせた。両肩をつかまれ、胸に引き寄せられる。

「本当に愛なのか？」彼の唇が耳たぶをかすめた。

ミッシェルは体の震えをどうすることもできなかった。「ほかになにがあるっていうの？」

「ほかには考えられないのかい？」

ミッシェルはタイラーの方を振り向いた。「信じてくれないの？」

「そうじゃない。ただ勘違いはよくあることだよ。人はよく失恋の反動で新たな恋をするけど、長続きはしない。だったら、一つきかせてくれ。さっき結婚しないと言ったとき、君が考えていたのはケヴィンのことかい……それとも、僕のこと？」

タイラーの疑わしげなまなざしに、ミッシェルはかっとなった。私はぼろぼろになりながら思いのたけを打ち明けているのに、彼が気にしているのは男のプライドなの？「そんなのどうだっていいでしょう？　どうせ私となんか結婚しないんだから」

「いや、したいと思うよ」

ミッシェルは口をあんぐりと開けた。

「愛しているんだ。だから君と結婚したい」

ショックはまたたく間に怒りに取って代わられた。

「なにばかなことを言いだすのよ！　そんなこと、思ってもいないくせに！」

「ほらな？」タイラーが勝ち誇ったように言った。「だれかのことを長年知っていて、先入観で凝り固まっていると、その人が別の面を見せても、容易に信じることはできないんだ。皮肉な話だが、僕は君がまだケヴィンを愛していると思ってる。そして君は、僕が愛せるのは僕自身だけだと思ってる。お互いにひねくれているんだ」

　ミッシェルはなにがなんだかわからずに、ただタイラーを見つめた。

「またそうやって勝手に考えている。君がまたゆがんだ解釈をしはじめないうちに、僕のほうから申しこむことにするよ」

「結婚を？」ミッシェルは息をのんだ。

「いや、それはまだだ。僕だってそこまでばかじゃない。僕の提案は、このままつき合って、お互いの真実を突きとめようってことなんだ」

「本当に愛しているかどうかを？」

「そのとおり。愛し合っていると確信が持てたら、そのときこそ君にプロポーズする」

　ひょっとしたら本当にタイラーに愛されているのかもしれない――そんな思いがゆっくりと心にしみ渡り、大きな喜びとなってあふれ出た。

「その顔は、賛成ってことだね？」

「ええ！」

「だったらもうベッドに戻ろう。少し眠らないと」

「そんな……」本当に愛しているのなら、どうしてこんなときに眠れるの？　ちゃんと愛情を示してくれてもいいんじゃない？

　タイラーはミッシェルの瞳に落胆の色を見て取り、情けなさそうにほほえんだ。「大変な一週間だったってことは話したね？　それに、ゆうべは少し飲みすぎた」

「わかってるけど……」

「おまけにそのあと、とんだあばずれ女に精力を全部吸い取られてしまった」

「まあ……かわいそうなタイラー……」ミッシェルは羽毛布団を落とし、彼の首に腕をからめた。

　タイラーは驚いたような顔をしてみせたが、その体はまったく違う反応を示していた。「もし君と結婚したら、いつもこんな責苦に耐えないとならないのかい？」

「夜だけよ」ミッシェルは爪先立ちして、いとしい人に口づけしながら言った。「私だって昼間は仕事があるんですもの」

14

「すっかり舞いあがっちゃってるのね？」ルシールがカプチーノに砂糖を入れながら言った。「今朝プレゼンテーションのリハーサルがうまくいっただけじゃなくて、ついに真実の愛を見つけたってわけね。だけど、これだけは言っておくわ。婚前同意書なんかにサインしちゃだめよ。ハネムーンの最中に彼が浮気をしはじめたら、慰謝料をごっそりふんだくってやるんだから」

　ミッシェルは笑った。「むだよ、ルシール。あなたの男性不信も、今日の私には伝染しないわ。土曜日の朝だったらわからなかったけど。今日はもう確信しているから」

「たった二日で？」

「ええ、タイラーは私のことを愛してくれているの。わかるのよ。週末の間もずっとやさしかったし。セックスも今までと違う感じなの」

「どう違うの？　先週聞いた話が本当だとすると、あれ以上よくなりようがないわよね？」

「よくなったっていうんじゃないわね。もっと思いが深くなったっていうのかしら……」

「ねえ、せっかくの幸せに水を差す気はないのよ、ほんとに。でも、タイミングがよすぎると思わない？」ルシールはコーヒーカップを口に運びかけ、飲まないまま先を続けた。「ミスター・ギャリソンが結婚の話を持ち出したのは、きっと今回が初めてじゃないわ。かなり前から繰り返し言っていたはずよ。そこで、弱りきったタイラーがようやく一番の花嫁候補を思いついた。考えてみれば、長年の親友ミッシェル以上の相手はいないものね。気心が知れていて、彼の財産に興味は示さない。頭もよくて、なかなか魅力的。ケヴィンが結婚して、そんなあなたがついにフリーになったのよ。だからタイラーは一番効果的なときを狙《ねら》って、あなたに近づいた。結婚式のあと、夢のようなセックスをして、一週間ほうっておく。なかなかの策士よね。それから両親に会わせて、カサノヴァの仮面の下はけっこうまじめな男だってところを見せる。そして、あなたがすっかりその気になったところで、いっきに落としたってわけよ」

ランチの間、ミッシェルはルシールが描き出す冷酷なタイラーのイメージをなんとかくつがえそうとした。ありとあらゆる反論を並べ、タイラーは絶対に嘘《うそ》をつかないし、人を利用するなんて彼の最も嫌うところだと説明した。そして最後にはとうとうルシールを説得し、結婚式には花嫁の付き添い人になることすら承諾させた。しかし、ゆっくりした足取りで再びオフィスへ向かいながら、ミッシェルは幸せな気分がすっかり消え失《う》せていることに気づいた。心の奥には疑いの種が植えつけられていた。オフィスに戻って五分後、タイラーが電話をかけてきたときも、つい沈みがちな声になった。

「リハーサルがうまくいかなかったのかい？」

「いいえ、とってもうまくいったわ」

「なんだか落ちこんでいるみたいだけど」

　ミッシェルはなんとか明るい声を出そうと努めた。

「ごめんなさい。リハーサルのときにアドレナリンを全部使い果たして、その反動なんだと思うわ。かなりのプレッシャーだったから」

「そうだろうな。でも、君が昨日教えてくれたアイデアだったら、なんの心配もいらないと思うよ。製品名を〈シングル・サーヴ・ミール〉から〈シングル・オンリー・サーヴ〉に変えて、SOSを目印に広告キャンペーンを展開しようなんて、すごい発想だ。漂流者をモチーフにしたテレビCMのアイデアも傑作だった。無人島で砂にSOSと書いていると、それを目にしたヘリコプターが救出もせずにSOSを箱ごと落としてくれるなんてね。ユーモアはセックスと同じくらい売り込みに効果的だからな」

　ミッシェルはそんな言葉は聞きたくなかった。思い出したくもないことを思い出してしまう。あなたもセックスを利用して自分を売り込んでいたの？

「ミッシェル？　聞いてる？」

「ええ。ごめんなさい。ちょっとキャンペーンのこと考えてて。ねえ……このアイデアのこと、だれにも言わないでくれるわね？　金曜日まで外にもらすわけにいかないの。競合相手の広告代理店に知られるといけないから」

「わかってるよ。競合相手ってどこなんだい？」

「わからない。〈パッカード・フーズ〉が教えてくれないのよ。金曜日は相手が朝一番でプレゼンテーションをして、うちはそのあと。午後にはハリーのところに決定が知らされることになってるの」

「君が率いるチームなら、勝利は確実だ」

ミッシェルは身をこわばらせた。「お世辞なんて言わなくてもいいわ」とがった声で言う。

タイラーは黙りこんだ。

ミッシェルはうしろめたさを感じた。だが、ケヴィンにいいように操られた経験から、甘い言葉には敏感になっていた。

「プレゼンテーションはどこでするんだい？」やがてタイラーが静かに尋ねた。以前の彼なら怒って言い返しているはずだ。

「〈パッカード・フーズ〉の本社よ。なぜ？」

「金曜日はクリオの誕生日なんだ。君も一緒にランチでもどうかと思って。君たちに仲よくなってほしいんだ」

「金曜日のお昼は予定がわからないわ。プレゼンテーションが延びるかもしれないし」

「仕方ないな。それで、今夜の予定だけど……」

「今夜も会うの？」タイラーは毎晩愛を交わすのが義務だとでも思っているのだろうか？

「ああ。今週はそれほど忙しくないからね」

「うらやましいこと」

「どうやらそんな気分じゃないらしいな。ディナーとダンスに誘いたかったんだが……。まだ約束を果たしていなかっただろう？」

そう、セックスするのに忙しくてね。ミッシェルはついひねくれた気持ちになった。「平日はあまり出かけたくないの」

「いいよ。だったら君のところへ行くから、一緒に食事をしよう。君の料理の腕を見せてもらうのもいいかもしれない」

「やめておくわ。これ以上妻としての才能を見せつけたら、あなたが圧倒されちゃうでしょ？」

「君は喧嘩《けんか》を吹っかけてるのか、ミッシェル？」タイラーはとうとう声を荒らげた。「だったら、こっちにも考えがある」そう言って、彼は電話を切った。

ミッシェルは受話器を見つめた。後悔の念がいっきに押し寄せた。私ったら、いったいどうしてしまったの？　ルシールのゆがんだ見方に躍らされて、とても大切なものをだいなしにしてしまうなんて……。

震える指でタイラーの携帯電話の番号を押した。数回鳴らしても応《こた》えない。不安で胸が張り裂けそうになる。ようやく応えたタイラーの声は冷たかった。

「タイラー、私よ。ごめんなさい。自分でもどうしてあんなことを言ったのかわからない。今夜、ディナーとダンスに連れていってほしいの。お願い。お願いだから切らないで」

タイラーはためらっている。ミッシェルは心臓がとまりそうだった。

「わかった」タイラーは冷たさの残る声で言った。

「何時？」

「何時って？」

「迎えに行くのは何時かってきいてるんだ」

「ああ」安堵《あんど》のため息がもれた。「七時じゃ早すぎる？」

「『スピードで勝負』が見られないぞ」

「『スピードで勝負』なんてどうでもいいわ！」ミッシェルが声をあげると、タイラーが受話器の向こうで笑った。

「いや、そうはいかない。七時に行くから一緒に見て、七時半に出かけよう。覚悟しろよ。もう手かげんはしないからな」

「あら、なんなら賭《か》けたっていいのよ」

「金を賭けてもつまらないな」

「なんでもいいわよ。そっちで決めて」

「負けたほうが今夜一晩勝ったほうの奴隷になるっ

ていうのはどうだい？　なんでも相手の言うとおりにしないといけないんだ」

　ミッシェルの背筋を甘い戦慄《せんりつ》が走った。タイラーを奴隷にすることを考えただけでめまいがしてくる。

「わかったわ」彼女はほくそ笑んで言った。

「このぺてん師！」その晩、七時二十三分、ミッシェルはかっとなって叫んだ。クイズ番組の問題はすべて終了し、結果はタイラーの圧勝だった。「この間はわざと私に勝たせたのね！」

　タイラーはにやりとした。「どうして僕がそんなことをするんだい？」

「あなたがぺてん師だからよ！」

「さあ、行こう。負けて吠《ほ》え面かくのはみっともないぞ」タイラーはオーソドックスな紺のブレザーのボタンをはめながら立ちあがった。そして、ドアのところまで行ってから、ゆっくりと振り返った。

「ついておいで。君は奴隷なんだから」

　ミッシェルはしぶしぶ立ちあがったものの、悔しさはすぐに消え去った。ケヴィンはあんな目で私を眺めてくれたことがあっただろうか？

　今日は特別ドレスアップしているわけではない。シンプルな黒のクレープ地のワンピースにおそろいのジャケット。髪もいつものストレートのまま、肩に下ろしている。ただメークには少し力を入れた。褐色の瞳を引きたてるハイライトを使い、キスをしても落ちない口紅で唇を真紅に染めた。

　タイラーは気に入ってくれたようだ。

「なあに？」ミッシェルは気恥ずかしそうに尋ねた。

「愛しているって言ってくれ」

「それがご主人様の望みなの？」

「言うことが聞けないのかい？」

「そんなことはないけど……」

「だったら言うんだ」

「あ……愛してる」

「気持ちがこもってないな。ちゃんと僕の名前をつけて。〝タイラー……愛してる〟」

「タイラー……」言葉が喉に引っかかった。「愛してる」

その夜、〝ご主人様〟は、どこにいても、なにをしていても、三十分ごとに〝愛している〟と言い、さらに本気でキスをするように命じた。結果的にその夜は、ミッシェルの人生で最もロマンチックで最もエロチックなデートになった。彼女は海岸沿いのレストランへ行く途中でも、レストランのバーで待つときにも、前菜の間にもキスをし、〝愛している〟とささやいた。口づけと愛の言葉は彼女のアパートメントに戻るまで繰り返され、回を重ねるごとに、さらなる情熱に彩られていった。ようやくアパートメントに着いたころには、二人とも寝室までたどり着くことすらできず、玄関の床で愛を交わした。


翌朝、ミッシェルはうっとりした気分で目覚めた。

「金曜日、クリオと一緒にランチに行けなくてごめんなさい」彼女はタイラーに身を寄せながら言った。

「心配しなくていいよ。また機会を作るから。時間ならこの先たっぷりあるだろう？」

「そうね」ミッシェルはほほえんだ。

タイラーは彼女の鼻にキスをした。「君はかわいい奴隷だった」

「あなたもやさしいご主人様だったわ」

「僕はむしろやさしい夫と言われたいけどね」

なぜそこでたじろぎ、タイラーから体を離してしまったのか、ミッシェルは自分でもわからなかった。

「まだ早すぎるのかい？」ベッドから出てバスローブを着ている彼女に、タイラーが尋ねた。

「ええ、少し」

「なるほど……。それで、あとどれくらい待てば、イエスと言ってくれるんだ？」タイラーは険しい口調で言った。

「タイラー……」

「恋愛問題に関しては、君は自分の気持ちってものがぜんぜんわかってないみたいだな」

「ひどいわ……そんな言い方」

「事実じゃないか」タイラーはベッドから出て、服をさがしに行った。あちこちに脱ぎ捨てた服をかき集めるのは容易ではない。「今週いっぱい会わないでいたほうがよさそうだ」戻ってくると、彼は言った。「君は少し時間をかけて、自分の感情をちゃんと整理してみるといい」

「あなたがそう望むなら」ミッシェルはつんと顎を上げた。

「金曜日の午後、電話するよ」

「そのときまだ電話したければね」

「必ず電話する」タイラーは苦々しげに言った。「迷ってるのは君のほうだ。僕じゃない」

その週の間、ミッシェルはずっと迷いつづけていた。あるときは怒りを、あるときは絶望を、そしてまたあるときは手がつけられないほどの混乱を覚えながら……。ルシールには会わないようにした。これ以上彼女の考え方に影響されたくない。推しはからなければならないのは自分自身の気持ちではなく、自分に対するタイラーの気持ちだった。

金曜日の朝、タイラーの結婚の動機にはやはりどうしても納得できないものがあるという結論に達した。カサノヴァが一夜にしてやさしいマイホーム型の夫になるなんて考えられない。

〈パッカード・フーズ〉の本社は埠頭《ふとう》に近いオフィス街にあった。チームの男性メンバー二人を引き連れ、十時ちょうどに到着したミッシェルは、受付コーナーで待たされた。

「少なくとも広告料を支払う余裕はありそうね」豪

華な内装を見渡して、ミッシェルは言った。

用意してきたキャンペーン企画には自信があったが、それでも待たされている間に緊張がつのってきた。十時五十五分、今にも吐き気を催しそうになっていると、会議室のドアが開き、対抗する広告代理店のチームが出てきた。

ミッシェルは驚きに声をあげそうになった。

ケヴィンの姿が相手のチームのメンバーの中にあった。〈ワイルド・アイデア〉が残っていることから、ミッシェルは相手も小規模な代理店だと思いこんでいた。まさかケヴィンの勤める国際規模の大手広告代理店と競っているとは夢にも思わなかった。

ケヴィンは驚いたような顔をしてから、口元をゆがめて笑った。「やあ、ミッシェル。君のところが競合相手だとはね。まあ、がんばってくれ」

ミッシェルは彼を完全に無視した。

不思議なことに、思いがけないケヴィンの出現によって、緊張はすっかりほぐれていた。彼を負かしたい一心で、すべてのエネルギーをそそぎこんだ結果、プレゼンテーションは我ながらすばらしい出来栄えだった。〈パッカード・フーズ〉の担当者たちが声をあげて笑うのを見て、ミッシェルは勝利を確信した。

会議室から出ると、その外で社長のハリー・ワイルドが出迎えた。ハンサムな顔に満足げな笑みを浮かべている。「なにも言わなくていい。笑い声が聞こえたよ。大きなボーナスを期待していいぞ」

社長はさらに、ミッシェルとチームメンバー二人に半日の特別休暇を与えてくれた。男性二人は近くのバーで祝おうと言いだしたが、ミッシェルは用事があると言って誘いを断った。

今は酒を飲んで騒ぐ気分ではなかった。一人で考えたかった。これで心配事が一つ減り、私生活の悩みに集中できる。

タイラーのことを愛してはいるけれど、結婚となると話は別だ。本当に愛されていないとしたら、一生を誓うなんて耐えられない。彼が浮気をしたらどうするの？ 私を捨てて出ていったら……？

ミッシェルはサーキュラー・キーを通り過ぎ、ロックス近くの波止場を当てもなく歩いていた。暖かい陽気で、潮風が心地よい。オープンカフェに席を取り、コーヒーを注文した。すると、突然隣の椅子が引かれた。

「ちょっと！」まぶしい日差しを手で避けながら、相手の顔を見ようとした。もう二度と見たくない顔がそこにあった。「勝手に座らないでよ！ あとをつけてきたの？」ミッシェルはケヴィンに向かってなじるように言った。「言っておきますけど、怒っているのはまだ愛してる証拠なんて思わないでね」

「わかってるよ」ケヴィンはかまわず腰を下ろした。「僕がタイラーに太刀打ちできるわけがないだろう？ この間の発言は単なる嫉妬《しっと》のなせるわざだ」

「嫉妬っていうのは好きだからするものよ」

「僕はいつも君とタイラーに嫉妬していた。君は気づいてなかったかもしれないが、君はたぶん、ずっとタイラーに惹《ひ》かれていたんだと思う。君たちはお似合いだよ。君は僕には賢すぎる」

「ばかなことを言わないで」

「本当だよ。僕はいつも君と一緒にいたいと思いながらも、劣った人間のように感じさせられるのがいやだった。それでもなんとか君につり合うようにと無理をしていたんだ」ケヴィンは今でも痛みを感じているかのように顔をしかめた。「でも、ダニーとはそんな必要もない。等身大の自分でいられるんだよ。彼女、派手に見えるけど、中身はけっこう単純だからね。僕のことを手放しで愛してくれている」

意外なことに、ミッシェルはその告白を聞いてほっとした。ケヴィンにもダニーにも恨みはない。そんなマイナスの感情に振りまわされるには、人生はあまりに短すぎる。

「それで、タイラーとはまだつき合っているのかい？」

「ええ。結婚を申しこまれているの」ミッシェルはケヴィンに心の迷いを見透かされまいとして言った。

ケヴィンはあんぐりと口を開けた。「まさか！」

「どうしてまさかなの？」

「おい、ミッシェル、彼がどういう男か、わかってるだろう？　毎月違う女性がベッドにいないと耐えられないんだぞ」

ミッシェルはタイラーを弁護したかったが、できなかった。ケヴィンはルシールとは違い、タイラーのことをよく知っている。男同士のつき合いなら、こちらの見えない面も見えているかもしれない。

涙がいっきにこみあげてきて、ミッシェルは思わず嗚咽《おえつ》をもらした。

「どうしたんだよ、ミッシェル。泣かないでくれ。本気でやつのことを愛しているんだな」

「そうよ」ミッシェルはペーパーナプキンを手に取り、涙をふいた。「どうしようもなく愛しているのよ」

「あいつ……」ケヴィンは吐き捨てるように言い、彼女の肩に腕をまわした。

ミッシェルは彼の胸にすがるようにして泣いた。

「君のこんな姿を見るのはたまらないよ。君は、心から愛してくれる男と一緒になるべきだ。それが僕じゃなくて残念だけどね。君のことを長い間引きとめてしまって、悪かったと思ってる。だけど、どうしても傷つけたくなかったんだ」ミッシェルが目をしばたたいて見あげると、ケヴィンは彼女の額にキスをした。「君は特別な女性だよ」

ケヴィンのやさしい言葉が、ミッシェルの古傷を癒《いや》していった。だが、今の心の痛みまではどうすることもできない。

「ひょっとしたら、タイラーのことも僕らの思い違いかもしれない。やつは生まれて初めて本気で人を愛してしまったのかもしれない。だって、そうだろう？　あいつが結婚を申しこむなんて、それだけでもありえないことじゃないか」

「家族のためなのかもしれないわ。お父さんは彼を結婚させたがっているから」

ケヴィンはかぶりを振った。「いや、父親が結婚しろと言ったからって、言いなりになるとは思えない。あいつは、自分のことは自分で決める男だ。そうだよ、こうしてじっくり考えてみると、なにも心配はいらないんじゃないのかな。タイラーが愛してると言うのなら、本当に愛しているんだ。結婚しようと言うのも、本当にしたいからさ。彼自身のためにね」

ミッシェルは体を起こし、ペーパーナプキンで顔をふいた。「ほんとにそう思う？」

「ああ、ほんとに」

胸に喜びがわきあがった。ミッシェルは思わずケヴィンの首に抱きつき、キスをしていた。

「おいおい、気をつけてくれよ。こっちは既婚者なんだから」ケヴィンは笑いながら、軽くキスを返した。「君は本当にすてきだよ」

ミッシェルは去っていくケヴィンを見送った。彼はそれほどひどい男でもなかったのかもしれない。今思えば、ずいぶんやさしくしてくれたこともあった。

ケヴィンの姿が見えなくなると、ミッシェルはバッグから携帯電話を取り出した。

そのとき突然、背後から氷のように冷たい声がした。「もしもタイラーにかけるつもりなら、やめておいたほうがいいわよ」

15

ミッシェルがはっとして振り返ると、クリオがすさまじい形相でにらみつけていた。

「なんなら、この場で絞め殺してあげてもいいのよ」クリオは憎々しげに言った。「まったく感動的な再会の場面だったわね。私たち、ちょうどあそこでランチをとってたから、全部見せてもらったわ」

彼女は近くのレストランの二階を指さした。

「タイラーはどこ？」ミッシェルは青ざめた顔で人込みに目を走らせた。「ちゃんと説明しなくちゃ」

「どこかに消えたわ。あれじゃ説明するまでもないんじゃない？　あなたがケヴィンとキスをするのを見たときの兄の顔ったら……」

ミッシェルの全身を不安が駆けめぐった。「そんなんじゃないのよ。全部誤解なの！」

「いくら兄だってもうだまされないわよ。もっとも、私は最初からわかってたわ。あなたは絶対に兄のことを愛したりしないって。兄にも何度も言ったけど、耳を貸さなかった。きっと愛しすぎていたのね。しかも何年も待たされて……」

「どういう意味？　待たされたって？」

「あなたってほんとになにも見えてないのね」クリオは鼻で笑った。「兄は最初に会ったときから、ずっとあなたのことを愛していたのよ」

ミッシェルは自分の耳が信じられなかった。彼がずっと私を愛していた？　そんなことはありえない。

だが、そう考えると、すべてが違って見えてくる。ケヴィンと二人、彼のパーティに招待されつづけていたこと。ケヴィンに捨てられるたびに、電話をかけてきてくれたこと。そして、ケヴィンの結婚式の招待状がきた晩、彼が言った言葉……。ミッシェルの心はタイラーを思って泣いた。ずっと愛してくれていたのに、気づきもしなかったなんて……。

「で、でも、タイラーはなにも言ってなかったわ」

「あなたはそのチャンスすら与えなかったじゃないの。いつも顔さえ見れば兄のことを批判してばかりいて。お金持ちに生まれたからって、なんでも思いどおりになると思ってるの？　兄はちゃんと自分の努力で今の成功をつかみ取ったのよ！　兄がどうして次々につき合う相手を変えたかわかる？　あなたを忘れるためじゃないの。でも忘れられなかった。私も、いつかは兄があなたのことを忘れてくれるように願っていたけど、年明けにボートハウスを改装したいなんて言いだすから、悪い予感がしたの。そうしたら、ケヴィンの結婚式で兄と一緒にいるあなたを見た。あなたが本気で兄のことを好きだって言うから、ようやくわかってくれたと思ってたら、結局こういうことじゃないの。自分がどれほど兄を傷つけたかわかってるの？」

ミッシェルはその場で泣き崩れそうになった。

「違うのよ。ケヴィンのことなんてもう愛してないわ。愛しているのはタイラーだけなのよ」

「だったら、さっきのはなんなのよ？」

ミッシェルはケヴィンとのやりとりを説明した。

「ケヴィンのおかげで、ようやく真実が見えたの。だからついうれしくてキスをしたのよ。単なるお礼のつもりのキスだったの」

クリオがうめいた。「まったく、なんてこと！」

そのとおりだと、ミッシェルも思った。でも、今は悔やんでなんかいる場合ではない。なんとかしなければ。

「タイラーはどこ？」

「仕事場でないことは確かね。どこか一人になれるところで、傷口でもなめてるわ、きっと」

「さがさなくちゃ。家に帰ってると思う？」

「たぶんね……。いいわ、車で送っていく」

　タイラーの車はガレージにあった。ミッシェルはボートハウスに着くと、開いたドアから入っていった。一階に人けはない。声もかけずに階段をのぼっていった。タイラーがいる場所はわかっている。思ったとおりだった。彼は例の肘掛け椅子に座り、じっと宙を見すえていた。

「タイラー？」

　呼びかけると、彼はぱっとこちらを向いた。「なにをしに来たんだ？」聞いたこともないほど悲しげな声だった。「わかった、クリオだな。哀れな僕の気持ちを代弁してくれたってわけだ。それで、なにをしに来た？　あやまりに来たのか？　本当に愛してるのはあなたじゃないって説明しに来たのか？　その必要はない。言わなくてもわかってるよ」

「タイラー、やめて。全部誤解なのよ」

　タイラーは鼻を鳴らして立ちあがった。「誤解もなにもない。ちゃんとこの目で見たんだからな。さあ、出口がわからないのなら、送っていこう」

「あなたが話を聞いてくれるまではどこにも行かないわ」

　タイラーは力なくほほえんだ。「君らしいよ。最後に一言言わないと気がすまないのか。いいだろう、さっさと言って出ていってくれ」

「ケヴィンとは偶然会ったのよ。あなたが見たのは、あなたのことで泣いていたところだったの。だからケヴィンは肩を抱いて慰めてくれていたのよ。彼にキスをしたのは、あなたの愛を疑うなって言ってくれたから。あなたが愛してるって言ったら、それは本当なんだ、あなたはそういう男だからって」

「ケヴィンがそう言ったのか？」タイラーは唖然《あぜん》としている。

「ええ。あなたが行ってしまってから、クリオにどなられて、今までのことを全部聞かされたわ」

「クリオのやつ……」

「愛してるのよ、タイラー。胸が痛いくらいに。だけど、あなたが本当に愛してくれているのか、自信がなかった。あなたがいけないのよ、ずっとプレイボーイのふりなんかして。でも、ケヴィンとクリオのおかげでようやくわかったの。あなたはプレイボーイなんかじゃない。もし結婚を申しこんでくれたら、すぐにイエスと答えるつもりよ」

「本当かい？　ケヴィンのことは？」

「ばかなことを言わないで。ケヴィンのことを愛していたら、ここでこうして震えてると思う？」

タイラーはしばらくの間、じっとミッシェルの顔を見ていた。やがてその唇にゆっくりと笑みが浮かんだ。「僕の妻になったら、一生僕の奴隷になるんだぞ」

ミッシェルはわざと真顔で答えた。「大変な仕事だけど、だれかがやらなくちゃ。お父様も孫の顔を見たがっているし」

「子供が欲しいのかい？」

「あなたの子供なら」

タイラーがふと真剣な顔になった。「君のことは絶対に裏切らないよ」

「わかってる」

タイラーはミッシェルの目の前で足をとめ、彼女の頬にそっと触れた。「何人もの女性とつき合ってきたけど、愛したのは君だけだ、ミッシェル。君一人だけだ」

「信じてるわ」

「結婚してくれ。君と結婚することで僕は初めて完全になれる」

完全……。

そのとおりだった。タイラーがいなければ、ミッシェルも片割れでしかない。

「ええ」ミッシェルはうなずいた。「あなたと結婚するわ」彼女はバッグをほうり出し、タイラーの首に夢中で飛びついた。

ハーレクイン®

ハーレクイン・イマージュ　2001 年 9 月刊（I-1467）

カサノヴァの素顔

2024 年 9 月 5 日発行

著　　者	ミランダ・リー
訳　　者	片山真紀（かたやま　まき）
発 行 人	鈴木幸辰
発 行 所	株式会社ハーパーコリンズ・ジャパン 東京都千代田区大手町 1-5-1 電話 04-2951-2000（注文） 0570-008091（読者サービス係）
印刷・製本	大日本印刷株式会社 東京都新宿区市谷加賀町 1-1-1
装 丁 者	中尾　悠
表紙写真	© Millafedotova, Themapics ｜ Dreamstime.com

ISBN978-4-596-77729-4 C0297

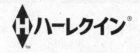

月13日
発売

ハーレクイン・シリーズ 9月20日刊

ーレクイン・ロマンス
愛の激しさを知る

が選んだ家なきシンデレラ	ベラ・メイソン／悠木美桜 訳	R-3905
を病に奪われた乙女の恋 潔のシンデレラ》	ルーシー・キング／森　未朝 訳	R-3906
は忘れない 説の名作選》	ミシェル・リード／高田真紗子 訳	R-3907
ェイトレスの秘密の幼子 説の名作選》	アビー・グリーン／東　みなみ 訳	R-3908

ーレクイン・イマージュ
ピュアな思いに満たされる

した天使を隠したのは	ジェニファー・テイラー／泉　智子 訳	I-2819
スには言えない 福の名作選》	キャロル・グレイス／緒川さら 訳	I-2820

ーレクイン・マスターピース
世界に愛された作家たち
～永久不滅の銘作コレクション～

嫁の誓い ティ・ニールズ・コレクション》	ベティ・ニールズ／真咲理央 訳	MP-102

ーレクイン・プレゼンツ作家シリーズ別冊
魅惑のテーマが光る
極上セレクション

する人はひとり	リン・グレアム／愛甲　玲 訳	PB-393

ーレクイン・スペシャル・アンソロジー
小さな愛のドラマを花束にして…

恋のかけらを拾い集めて スター作家傑作選》	ヘレン・ビアンチン 他／若菜もこ 他 訳	HPA-62

文庫サイズ作品のご案内

◆ハーレクイン文庫・・・・・・・・・・・・・毎月1日刊行
ハーレクインSP文庫・・・・・・・・・・・毎月15日刊行
◆mirabooks・・・・・・・・・・・・・・・・・毎月15日刊行

※文庫コーナーでお求めください。